ALFAGUARA LITERATURAS

VIEJO

© 1995, Adriano González León

© 1995 Ediciones Santillana S.A.
Carrera 13 N° 63-39, Piso 12. Bogotá.

- Santillana S.A. Juan Bravo 3860. 28006, Madrid.
- Santillana S.A., Avda San Felipe 731. Lima.
- Editorial Santillana S.A.
  4ᵗᵃ, entre 5ᵗᵃ y 6ᵗᵃ, transversal. Caracas 106. Caracas.
- Editorial Santillana Inc.
  P.O. Box 5462 Hato Rey, Puerto Rico, 00919.
- Santillana Publishing Company Inc.
  901 W. Walnut St., Compton, Ca. 90220-5109. USA.
- Ediciones Santillana S.A.(ROU)
  Boulevar España 2418, Bajo. Montevideo.
- Aguilar, Altea, Taurus, Alfaguara, S.A.
  Beazley 3860, 1437. Buenos Aires.
- Aguilar Chilena de Ediciones Ltda.
  Pedro de Valdivia 942. Santiago.
- Aguilar, Altea, Taurus, Alfaguara, S.A. de C.V.
  Av. Universidad 767, Col. del Valle
  México, 03100, D.F. Teléfono 688 8966

Primera edición en Colombia: noviembre de 1994 ISBN: 958-24-0182-6
Primera edición en México: marzo de 1995
ISBN: 968-19-0248-3

© Diseño de cubierta: Jacobo Borges (*Las hojas, La materia del tiempo*)
Proyecto de Enric Satué

Impreso en México

This edition is distributed in the United States
by Vintage Books, a division of Random House, Inc.,
New York, and in Canada by Random House
of Canada Limited, Toronto

Adriano González León

Viejo

Decididamente el ojo se hace tirar de la
oreja

SAMUEL BECKETT
El Incontable

Hombre viejo. Hombre intermediario de
misterios que ignoraba, mirando al océano desde
esta orilla a través de un espejo de lavabo que le
repite: **hombre viejo;** tratando de mirar más allá
del agua del espejo a la otra orilla...

CARLOS FUENTES
Constancia y otras novelas para vírgenes

Me siento viejo. Decaído. Ayer tuve la certidumbre y hoy me pongo a contarlo. Saberse viejo no es fácil. Sobre todo, porque nunca quiere saberse. Pero la verdad llega con unas lucecitas que nos acribillan los ojos. Con un aleteo. Con unas cortinas que se descuelgan en el cielo. Si esto se cuenta, dicen que es la locura. Siempre es más fácil que a uno lo acepten por loco que por viejo. Ese es el verdadero origen de la sabiduría del diablo: las locuras que cometió en la corte celestial. Fue altanero. Frívolo. Indiscreto. Se las daba de bien parecido. Un viejo sabe que ya no parece bien. Ni que es más poderoso que cualquier otro. Ni que puede iniciar cualquier movimiento revolucionario, con carácter de líder. Es más: no puede iniciar ningún movimiento con la misma prestancia que antes lo hacía. Lo que pasa es que nadie, a cierta edad, quiere enfrentarse con la certidumbre.

Pero uno escucha. Uno oye que las rodillas al doblarse tienen otro ruido. Sabe que el dolor en la cintura vino sin causa. Dije que uno sabe y ello es lo correcto. Porque si se trata de oír, ¿qué es lo que no se oye? Ya no se oye nada, sino un rumor confuso, un sonido que no es el mismo, una musiquita y a veces un runrún que nubla todo y es casi un anuncio de la muerte.

Nunca me gustó hacerle caso a rumores. A los rumores de afuera, pues cuando vienen de la cabeza, ¿qué hace uno? Es así entonces que para no enloquecerme como el diablo, prefiero envejecer... es decir... no es que prefiera, sino que no hay otro remedio y la locura en mi caso se tarda, se hace la loca, planea, la muy ingrata, pizpireta, alegre, indiferente, sobre mi cabeza.

Tampoco es cuestión de no oír. O de oír cosas que los demás no oyen. Es cuestión de no ver. O ver otras cosas que los demás no ven. La oreja se me ha hecho atenta a unos tamborcitos del corazón, golpes simples, ahuecados, secos, que vienen de pronto y se pierden y vuelven cuando uno menos los espera, saltando como ratones debajo de la piel y a veces se suben a los ojos y las cejas, la parte de arriba de los ojos, todo se pone a temblar. Cuando eso ocurre creo que me estoy quedando bizco. O que todo el ojo se me va de lado. Es entonces cuando viene la ausencia, porque ya no está la idea ni la palabra ni los recuerdos sino todo el clamor del cuerpo volteado hacia ese punto donde tiembla la piel y se piensa que el corazón se va a salir por el ojo. No se si los demás se dan cuenta. Y si se dan, es seguro que se lo atribuyen a la loquera o al desparpajo o a la desconsideración que tenemos con los amigos al dejar que hablen solos, sin ponerles atención. «No te me pierdas en las ranuras del cielo», me dice Joaquín cuando esta situación se presenta. Al final caigo en cuenta y le pregunto: ¿Cuál ranura?... ¿Cuál cielo?... Pero con ello sólo demuestro que sigo estando perdido y que voy entre las nubes persiguiendo los latidos, detrás del tambor, con ángeles y flautas que se agregan, cintas y papeles coloreados, cuerdas, algún faro, cierta embarcación, los cohetes que estallan y los pañuelos que dicen adiós.

*** *** ***

Evidentemente, me estoy poniendo viejo. Ponerse viejo es perder la memoria. Pero es también ensartar otras visiones. Como las ya dichas. Uno es así, pongámonos sinceros, porque quiere jugarle trampas a las palpitaciones. Pero éstas son taimadas, abusivas. Se corren hasta el antebrazo. Llegan a veces hasta los dedos. Y saltan como ranas o lagartos intermitentes. Y digo una cosa: el salto es más grave, más llenador de miedo, cuando uno está solo. Porque ya no es cuestión de olvidar al que habla, sino de olvidarse de uno mismo, esquivar el cuerpo, sacarle el cuerpo al cuerpo, eso es, hacerse el desentendido, pensar que los brincos son cosas de los nervios, pero los brincos están allí, vivitos y coleando, molestosos, arbitrarios, levantando las venas, hasta que dan carreras y se aposentan en el pecho donde comienza un dolor. Podría ser la muerte inmediata. Uno espera lleno de miedo y ansiedad.

Pero la muerte se tarda. El dolor es seguramente un gas, y la mala digestión, y vuelve otra vez la vida porque las cosas no pueden ser así, tan duras, y se empieza a respirar, el aire es más benigno, el aire pasa de verdad por las ventanas de la nariz y entonces se está como para volver a comenzar.

*** *** ***

La vida, según siempre dijeron los párrocos y los maestros de escuela, sonríe. Allí están entonces las visiones que suplantan la memoria perdida. Allí vienen los pájaros cantando en la cabeza del caballo y la guitarra que cubre todo el marco de la ventana y los arlequines que bailan sin ton ni son pero es que suenan las campanas y las muchachas quieren lucir vestidos nuevos como fue en otro tiempo junto a la escuela el día de la fiesta patronal y ellas parecían señoritas de las revistas, señoritas venidas de muy lejos, con sus tules y sus grandes sombreros contra un sol que no hacía caso porque era un sol en serio y las ventanas y las bocas de los aleros rechinaban como debía ser, con un sol de parranda y licores perfumados por astromelias y malabares hasta el toque exacto de la orquesta que bajaba por la Calle Real.

Eso era una fiesta. A cada momento, cuando envejecemos, se nos mete una fiesta por cualquier parte. Pero siempre es una fiesta lejana, imprecisa, algo que ocurre cuando nos quedamos lelos y queremos huir de las palpitaciones. Ahora, en este momento, no hay ninguna fiesta. Quiero contar lo que me pasa. Y eso es todo. Frecuentemente, muy pocos quieren saber de uno. Y hasta uno mismo quiere también olvidarse. Pero luego viene el deseo de existir, de estar aquí, de hacer algo contra el malestar y la tos, meterse entre las hojas y los ruidos que vienen de abajo. Desde abajo, digo, porque estoy escondido en una habitación que da a la ciudad y ella se mete si abro la ventana y yo me meto si me asomo y empiezo a volar por calles y terrazas, salto entre las luces y los autos, me pierdo entre sonidos, metales, cornisas, antenas, y un poco en el verde del cerro y el cielo que se desdobla allá lejos y se pone brillos y colores como le da la gana, entre mañana y tarde, entre tarde y medio anochecer.

*** *** ***

Me desprendo y no guardo ningún orden. Es muy claro. Envejecer es andar a tientas, tropezar, darse con las sillas que se atraviesan, confundir las paredes y las llaves, apostar a todas las cerraduras y golpearse con los estantes, los libros y los muñecos de porcelana que caen y mueren despedazados.

Es la vida vuelta pedazos, hecha polvo. Algunos trocitos fueron a esconderse bajo la mesa. Algún ojo del muñeco está debajo de la silla. Los brazos deben andar por allí. Los muñecos multiplican su muerte, mueren de muchas muertes, se derraman para que la existencia se quede en las rendijas, se cuele entre las basuras y los papeles amontonados, desaparezca, así no más, con simpleza, sin sonido, muy de blanco, con un colorcito rojo apenas en en el rincón, brillando, un colorcito que debió ser la parte del lazo en el cuello o la boina azul de marinero muy tieso, muy así, muy de este modo, en el muelle solitario contra un fondo de veleros y una embarcación llena de manchas salitrosas... Pero es mentira... Ese marinero solo lo veía yo así. Lo veía jun̦ otras cosas para calmarme las ganas de viajar. V lejos. Atravesó el océano en el baúl de la tía olía a función de opera, a retazos, a noches sin sueño. Olía a carnaval de solterona, a baúl viejo, a tela rota. Olía a lo que era: a porcelana. Todas las porcelanas huelen a lo que recuerdan. Si el muñeco no estuviera roto estaría en la orilla del mar. Si no estuviera en el muelle estaría en una tienda. En la vitrina donde lo cubrirían de cintas y pañuelos. Lo festejarían con luces. Y desde su asiento de cartón-piedra mira a los transeúntes que lo miran, las señoras que lo escrutan, los muchachos que se burlan de él. Se queda solo, después. Yo lo he visto desde lejos, cuando todo el mundo ha pasado y comienzan a bajar las puertas de los comercios porque ha llegado la noche y el viento cae por la orilla de los edificios... un viento que lo pone a uno de lado, así, muy de perfil, listo para entrar en la vitrina antes de que la puerta caiga con su estruendo de metal y se logre habitar junto a las libretas y las cajas de hilo y los botones y las plumas de avestruz y los caireles y los ganchos y las espigas de plástico tan secas como si el sol se las hubiera tragado por mucho tiempo, como si la tierra toda se hubiese puesto agrietada y reseca, la tierra apretando su propia muerte, su propio encierro, su tristeza almacenada bajo llave en el bazar escondido cuando la ciudad se ha vuelto nocturna.

*** *** ***

Yo vuelvo aquí, de vez en cuando, como ahora, a ponerme a escribir para alejar tanto vacío, a ponerme a escribir porque no hay otra cosa que hacer y se borronean los papeles con la idea de que alguien los encuentre alguna vez... pero... tampoco... eso no es... eso lo hacen los escritores y los hombres que se creen importantes para dejar sus memorias... yo no... si pongo aquí estas letras no es por pasar a la historia (así dicen también los que quieren pasar), ni para que alguien me tenga lástima. Ni siquiera lástima doy. Y eso es lo grave. Uno anda todavía medio bien vestidito con su chaqueta marrón, gastada en las puntas, pero buena todavía para dar presencia, con la camisa verde y la camisa amarilla y la camisa de rayas que por cierto yo mismo las lavo de vez en cuando porque Elodia se tarda en venir y parece que no vendrá más o a lo mejor sí, porque ella es la úni- ca que tiene de veras cuidado y no los amigos que ni vienen ya... No viene nadie...

*** *** ***

Antes dije que ni siquiera daba lástima. Eso es. Los demás creen que uno puede valérselas muy bien, que todavía hará algo por vivir. Y es verdad. Hago algo. Pero es allí donde está el problema. Salgo a rondar por la ciudad y a los doscientos metros ya me duelen las ro- dillas. Pienso que será el frío, pero no hay frío porque hasta hace un rato sudaba y entonces también pienso que será el sudor que se cuela en las corbas y m[...] engarruña los dedos y yo empiezo a meterme m[...] diciéndome que fue que dormí mal, que me[...] bruscamente, que esa silla —esta silla—[...]

me deja sus marcas, como todas las cosas dejan su marca. El cinturón me marca la cintura. No debo apretármelo tanto. Pero si no lo hago se me caen los pantalones porque en verdad no tengo cintura. La barriga se asoma con imprudencia a pesar de lo flaco que me he ido poniendo, de lo ajado y marchito, de lo inútil. Pero lo que molesta no es tanto que uno se parezca a un tronco seco, a un pedazo de cartón, a una lata golpeada contra los muros y las cercas los días de ventarrón o cuando los perros se lanzan a correr y se llevan por delante las cajas y las basuras y todo reguero vidrioso, húmedo, con la calle solitaria y el pedazo de edificio atravesado... Yo no sé por qué en este barrio los edificios siempre se atraviesan. No están construidos como Dios manda. Se les sale una pared, algo que sobra o son muros sin terminar que caen sobre el baldío lleno de desechos, envases inservibles, tiras de cuero, periódicos y uno que otro gato, apenas ojos y cola, porque se ve y ya no se ve. Pero es que no ve a nadie. O nadie lo ve a uno, mejor dicho. Arriba, en los balcones, están las mujeres asomadas. Están unos muchachos lanzando cosas a la calle. Se prenden y se apagan las luces. Están preparando el bullicio de una música.

*** *** ***

Pasan los automóviles allá lejos, en la avenida. Es el mismo camino que hago y deshago cuando la tarde no se ha ido completamente y las sombras caen por el lado derecho de la farmacia, más allá de la construcción de ladrillos que nunca terminaron. Quedó un hueco grande en lo que iba a ser el tercer piso y por allí se mete la noche o se termina de esconder el sol. Al menos yo lo veo así. A cierta edad se tiene el propio atardecer... Las crónicas y descripciones, que yo he leído, siempre dicen así: en el atardecer de la vida. Para crear cierta dignidad y llevar las cosas poco a poco, mintiendo ellos, mintiéndole a uno y uno también mintiéndoles porque no hay ninguna dignidad, uno es llanamente un viejo de mierda y no quiere reconocer su propia mugre porque no está tan hediondo como para que vengan las brigadas del Aseo Urbano a buscarlo en sus enormes camiones con rodillos que dan vuelta y trituran los desechos... Muchas veces me he imaginado entrando en esos dos moledores y me aplastan la cabeza y los huesos traquean mientras se extiende por todo el vecindario un olor a naranja reventada, olor fuerte a orines, olor de albañal, olor de aguas negras y el camión triturando lentamente con su ruido infernal, con su color azul, con sus manchas de basuras muy viejas, porque hasta las basuras sueltan basuras. Uno, ya hecho nada, suelta también su nada, sus migajas, su no ser más que un trapo desgarrado, su no... no. Pueden ir deshilachando con lentitud el cuerpo y agarrarán un trocito de riñón vuelto hilo, un hígado vuelto madeja, un cerebro en pelusas, los huesos de tiza y cal, el corazón vuelto flecos.

*** *** ***

Anoté que de vez en cuando me ponía a escribir y, como ven, así lo hago. Joaquín vino el otro día a decirme que le gusta, que eso es lo bueno, que escriba, que aproveche mi virilidad, mi entusiasmo, mi amor a la vida.

— Nadie tiene esa condición de roble... nadie —habla él.

— ¿Cuál roble? —pregunto yo.

— Bueno... tú —vuelve a hablar él.

— No jodas, ¡Joaquín! —respondo yo.

— Di lo que te de la gana, pero es así. Aunque no quieras reconocerlo. Estás bien plantado ante la vida. Ojalá muchos pudieran tener la voluntad que tú tienes. La firmeza. La confianza. Yo estoy seguro de lo que digo. ¿Por qué entonces te encuentro escribiendo cada vez que vengo? ¿Ah? ¿Por qué? Respóndeme. Di algo. Demuéstrame lo contrario... Dímelo...

— ¡Joaquín! —digo yo— Estás hablando como en las escuelas. ¿Por qué no te das ánimo tú? ¿Por qué tienes que arreglar mi vida y no arreglas la tuya?

Joaquín se sorprende, se sonroja, titubea, y es que es así. Joaquín no se da cuenta de su pobre existencia. Es tan pobre, que no sabe lo que le pasa por encima. No sabe que envejece. No toma conciencia. Me da ánimo, para dárselo él... para engañarse. Tiene veinte años en la empresa, veinte años de fiel y seguro servidor, asegurado también él, seguros la seguridad, asegure su **porvenir**... Imbéciles... El y todos... Será su **porirse.**

Sin embargo Joaquín anda repartiendo entusiasmo a diestra y siniestra. Anda así, tan alegre... tan dispuesto... fe y alegría... tan esperanza... tan caridad... Joaquín... Lunes, martes y miércoles, a las ocho en punto de la mañana, llega a la oficina. A las doce en punto sale a almorzar. A las dos en punto regresa. A las cinco en punto sale de la oficina. Los viernes y los jueves llega a la oficina. A las cinco en punto sale de la oficina. A las seis en punto viene a joder... A resoplar la vida... a transeuntar vida... A decir que yo soy el secreto de la vida. Que nunca la muerte se atreverá contra mí. Y eso es lo que me revienta... Ni siquiera me deja confiar en la muerte.

    Y ya comienzo a escucharla. No... no es así... Vamos a contar las cosas debidamente. Uno primero la ve. Todos la han visto primero antes que escucharla, antes que hablarle. ¿Quién sería el que la vio con el cráneo al aire y le puso la pelona? ¿Quién le vio esos dientes sin risa y sin rabia y ese azadón larguirucho? Así la pintaban en los libros cuando yo estaba muchacho. Muerte pintada. No era muerte de veras. Pero daba miedo. Eran uno solo y luego varios muertos. Había una película en que los esqueletos bailaban, hacían traquear sus huesos. Era como una falta de respeto. Aunque se tratara de una muerte dibujada. Eso es, dibujada y no pintada. Era una muerte negra. O blanca. En el pueblo, en el cementerio viejo, había unas tumbas rotas, unas bóvedas partidas y por allí se salían los huesos y una que otra calavera. Algunos muchachos propusieron que nos lleváramos todo eso para la escuela, para estudiar. A mi no me gustó la idea y me fui solo a mirar las lápidas y las cadenas de cobre y unas florecitas pálidas a los lados y los escritos que decían **Aquí Yace An..nio Me... F...ció el ocho de bre de 9... Su Viu y us hijos...** con letras de color de plata, letras perdidas, borradas, como se habían borrado las ropas y las coronas y los ramos de claveles del primer día en que lo trajeron, con rezos y con lágrimas, mientras el cura lanzaba su agua bendita y decía que acompañaban a la última morada a quien en vida fuera padre amantísimo y admirable conductor del hogar, sin saber que después sólo acompañarían sus restos unos gatos cazadores de lagartijas y unos pájaros picudos que se paraban en las cruces de palo mientras el cielo se iba poniendo oscuro y yo me daba cuenta de que los otros se habían ido, que ya estaba entrada la tarde y me había quedado solo mirando aquellos pedazos de muerte, aquellas ruinas del reino de Dios y de los Santos Arcángeles, aquellas figuras de yeso con las alas rotas y debajo o más allá un ramo de rosas de cemento, un poco de alambres retorcidos en forma de escritura, alambres que no se podían leer como los otros recordatorios de letras borradas por la lluvia, tan silencioso todo eso y apenas unos girasoles secos en una fila de matas también secas y marchitas, sobre todo los girasoles, que inclinaban el cuello, desmayados, claro, porque no había sol a quien girarle, todo se había puesto de luto y cuando yo alcé los brazos, los dos brazos al mismo tiempo, si me hubiera visto alguien desde lejos, yo parecía una cruz más grande y más sola, clavada en la mitad del camposanto.

También uno la oye llegar. Con pasos lentos, muy así, velada, resbalando por la pared, gota a gota desde el techo, se oye el ras ras muy suave, el tac... tac... muy tenue, toda la noche, cae, plín, cae, plín, suena por los muebles, madera, polilla, carcoma, ruqui-ruqui, así, pasito, sssusss... después rumores, paños caídos, sábanas que se baten, pases de viento, telas, telas que se resbalan de las mesas, telas movidas por el viento en la ventana, telares, husos, madejas desmadejadas, los pliegues, los enrollados debajo de la silla, blanda, muy blanda, gomosa, hundida, refundida, anda allí, con ruido de sombras, con peso de sombras al caer, las sombras suenan, hay que escuchar el sonido de las sombras, se posan y no se posan, pasan rasantes, sin poner las manos, murmullo liso, suaz... suaz... suaz... chiiiiiis... chiiis... aquí quietamente quieta deja de moverse, se enrosca, tela tendida, del piso al techo, de la esquina a la otra esquina, del rincón a los rincones, toda alargada, abierta en abanico que se despliega, paraguas que se abre, barajas deslizadas sobre barajas, reina de copas acolchada contra el as de bastos, sacada así, con delicadeza, con arte de encantador, carta una sobre otra sin percibirse el tintineo de las espadas y la caída de los oros y el choque de las copas, todo un mazo abierto en forma de media flor y los pétalos que se juntan sin juntarse, los dividen las gotas de lluvia, resbalando, lisas, por el vidrio de la ventana y más allá deben estar las hojas del eucalipto rozándose muy dulcemente mientras el viento pasa, hace pasar las alas de las lechuzas que juegan entre el ramaje mientras la luna les corta los ojos porque debe haber luna lejos entre dos nubes iluminadas que se cruzan y reparten los latidos del cielo, a media noche, cuando nadie percibe nada, sólo se escucha el rocío, el giro del viento amortiguado por los brillos que vienen desde el fondo y se está aquí en el cuarto donde el silencio cae lento y pesado, acostándose, reclinándose, como solicitando acomodo junto a la piel del cuello donde está atragantado el corazón.

*** *** ***

Ella hubiera podido ayudarme a morir y no lo hizo, no sé por qué. El mejor recuerdo que poseo es su vestido azul, con unos árboles al fondo y un vuelo de palomas. Debo agregar algunas hojas, una ventana movida por el viento, unos pájaros rojos. Algo más. Sé que hay algo más, pero se desdibuja, se humedece, se pone neblinoso. Hay posiblemente una torre de iglesia metida detrás, un campanario, algunas ropas tendidas en los alambres y una calle empedrada, muy alta, que caía sobre la plaza. Así. Ahora recuerdo la plaza. Tres bancos, unos sauces de fondo, unas flores llamadas clavellinas, su bulto de la escuela, los lápices, el pañuelo... y su voz.

— Este es un puente para pasar el río, fíjate, aquí están los troncos amarrados con cuerdas... ¿Las ves...?... Me quedaron muy bien... Ahora tendré que hacer el río...

— ¿Por qué no vamos al río, mejor? — se me ocurrió decir.

— ¿Estás loco? Apenas me dejan salir.

— Dices que estabas en clase.

— No. Preguntan, después. Mi tía Débora hace preguntas todo el tiempo.

— ¿Pregunta qué?

— Todo el tiempo.

— ¿Qué?

— Pregunta... pregunta... pregunta...

— Tonta... tonta... tonta...

— No soy tonta. Ella cree que siempre estoy haciendo algo malo. Ahora estoy pintando el río, ves. Aquí está el monte del otro lado. Ella piensa que yo estoy restregándome contigo. Tú también lo estás pensando. Yo iría contigo hasta el río si no lo pensaras.

— Yo no lo pienso.

—Entonces es una lástima. Yo sí lo pienso. ¿Ves como de nada nos sirve ir?

Atontado me quedé desde aquel día. Ese... Cuando había venido por la plaza con su cuaderno de dibujo dispuesta a pintar el río, dispuesta a restregarse en el río y yo no entendí, no supe que en el monte del otro lado la podía tumbar. Ella, al principio, se resistió. Pero después, los dos rodando entre las pajas y las flores y los grillos... yo subiéndole el uniforme más arriba del muslo, tocando su muslo y ella sin moverse ya, sin protestar, dejándose hacer y yo haciéndole así, con mi mano sobre su piel, su piel suavecita, sus labios mordidos, sus ojos alarmados y su respiración, su sonido, su...

Yo tocándola con suavidad, ella con los ojos cerrados, ella con los ojos abiertos, cerrados otra vez y yo seguía con mi mano también suave sobre la piel de su muslo, ella comenzaba a sudar, yo comenzaba a sudar, ella puso su mano encima de la mía, me detuvo, me llevó luego por su piel, me la pasó al otro muslo, ella misma se tocaba, ella tocaba un muslo y yo tocaba el otro, ella metió su mano en mis piernas y la rozó, la rozó otra vez, ella se hizo la que no quería pero entonces yo la ayudé, mi bicha estaba dura, paradita, se puso roja pienso yo, casi hasta reventar y ella entonces comenzó a soltar los botones y mi pija salió, ella me puso su mano izquierda en la boca para que no me quejara y con la derecha enrollada empezó a subir y bajar, al principio con brusquedad, pero después suavemente, así, dulcemente, de arriba a abajo, con sus dedos tibios, así, suavemente, muy suave y ella soltó mi boca para taparse la suya porque comenzaba a quejarse, a sentir mucho, y subía y bajaba con rapidez, se detenía luego y volvía a comenzar con suavidad y yo ya no podía más, ella ya no podía más y los dos dimos un quejido y nos mojamos y su mano mojada seguía deslizándose hasta que los dos fuimos un mismo temblor y hasta que nos quedamos tendidos sin movernos... Y algunas hojas del pomarroso cayeron encima de nosotros...

Aquella vez me dieron ganas de morirme. Por eso dije que ella pudo ayudarme y no quiso... No me dejó allí tendido sino que buscó unas florecitas en la orilla y las trajo y comenzó a ponérmelas en la boca, en los ojos, en las orejas, en el pelo... y se reía para darme aliento y quitarme la vergüenza y el cansancio... Eso es. El cansancio. Ahora me siento cansado y por eso ella se me pierde allá, muy lejos, detrás de unos árboles y una cerca de alambre con la torre del pueblo en el fondo, donde comenzaban las nubes... donde comienzan las nubes y aparecen unos caballos desbocados, parecen perros saltando con la lengua afuera, parecen globos de espuma y tiras de lana, sacos de algodón, trapos con un brillo rosado, porque es así, la tarde es un poco de tela, de mantas tendidas para que el viento las mueva y se vayan como alas de pájaro, como plumas de pájaro, bordadas en lo alto cuando cambia el color, porque el sol se ha metido en las montañas del otro lado y todo comienza a ponerse de carmín y después gris, con otras nubes que tienen barbas de loco, crines de caballo, pieles de oveja, algodones revueltos con unos arcos de color incendio, tejidos con resplandor de velas, velas que se desmayan porque ya el gris ha avanzado mucho por el cielo y de pronto se ha hecho de noche y ya no veo más, no recuerdo más, debo quedarme quieto sin nada decir... sin decir nada... sin nada...

*** *** ***

Viejo no significa enfermo, dicen los manuales optimistas. Pero, ¿qué es entonces este dolorcito en la espalda? ¿Qué pasa que no puedo cruzar y descruzar las piernas? ¿Por qué ya no es tan segura la pisada? Uno se engaña, se da fuerzas, se miente. No pasa nada. Es por el mal dormir. Y otra cosa: caminé más de lo debido. Uno no puede andar así como así, dando saltos, por la ciudad, metido entre vendedores ambulantes y tarantines y automóviles escandalosos. Hay varios huecos que uno debe evitar con los brincos. Y aceras rotas. En algunas calles falta la reja de la alcantarilla y hay escombros, maderas, cartones olvidados, desperdicios. Es necesario saltarlos, esquivarlos. Movemos el cuerpo más de lo debido. Sí. Eso es. Por ello vienen después los dolores. Claro, por eso. Dice uno. Pero lo dice, nada más. No lo cree. En el fondo sabe que hay algo en los músculos que no va. Algo que no marcha en los huesos. Algo que no camina en la cabeza. Pero siempre hay las justificaciones. ¿Cómo no voy a tener dolor en los músculos si anoche lo que hice fue dar vueltas en la cama? Claro... Claro... El insomnio es lo que friega. Sin embargo el insomnio es duro y negro y es como un torbellino y es de nunca acabar. Es asfixiante. Da en el pecho. En los codos. Le duerme a uno los brazos. Le late en la cabeza. Le pica en los

oídos. Le salta en la nariz. Se le retuerce en el estómago.
Dan ganas de orinar y uno se para y va hasta la poceta y
no orina nada. Unas gotas nada más, unas gotas que le
mojan el pantalón de la pijama y uno vuelve chorreado
y húmedo a meterse en las sábanas. Entonces el frío tampoco deja dormir, se pega la tela y al rato se vuelve a
sentir ganas y uno regresa al baño, hace el esfuerzo, puja
y tampoco sale nada y se vuelve a meter en la cama, y da
vueltas, suda, respira, tose, siente que un ratón le corre
debajo de la piel, siente una pluma sobre los labios, siente
un tornillo en las sienes, siente un murciélago volando,
siente un ruido de motor con río y máquina de moler
piedras y pala mecánica y bola de hierro que golpea las
paredes y una cierta nube que atosiga y confunde las
visiones.

Como es también el insomnio de verdad. Uno
no inventa nada, no sueña. No tiene pesadillas, pues está
bien despierto. Las cosas feas en los sueños ocurren como
si estuvieran detrás de un vidrio. En el insomnio están
aquí mismo, sin separación, bien sudadas. Porque ese
sudor es lo más hostigante. Los presentimientos nos
meten miedo. Nos meten fríos y temblores. Uno suda
porque no duerme. Pero a la vez no duerme porque suda.
Allí se va yendo la noche. Allí se va yendo la vida. Porque cuando uno se queda dormido ya es sólo un guiña-
po, un trapo encogido, un muñeco de paja tirado entre
las sábanas y el cobertor arrugado, hecho una lástima,
una sobra de hombre, una porquería, un resto ilumina-
do por el sol, despertado por el sol que se mete con un
chorro furioso por la orilla de la ventana y nos da justo
en la frente como una pedrada.

*** *** ***

Hay que levantarse. Es tarde. No vino Elodia porque ya se le sintiera trasteando en la cocina... No vino... No vendrá nadie hoy... No vino y hubo que bañarse, poco a poco, porque el maldito calentador de agua sólo Elodia lo sabe prender y el chorro frío molesta, hiere, salpica. Apenas pude meter el cuerpo por partes y dando quejidos para olvidar los efectos y aquí estoy ahora, anotando esto, mientras sube el olor del café, ya hervido, el café que dejé en el fuego y ya no sirve por culpa de estas anotaciones que tampoco sirven de nada como no sirve el cuerpo y eso prueba que enfermedad y vejez son una misma cosa, así la revista médica diga lo que diga y Joaquín vuelva con su parloteo sobre el vigor y la esperanza. ¡Qué esperanza!

*** *** ***

Ahora más tarde iré a buscar algunas frutas. Este barrio tiene eso de bueno. Los carros de los fruteros tienen las naranjas bajo el sol. Un buen zumo quita el malestar de la noche. Quita esta tos que siento ahora, estas náuseas. Casi no puedo escribir. ¡Y para qué voy a escribir! Es mejor leer. Creo que he leído bastante. Sé muchas cosas que de nada me sirven. Bueno, me sirven para mejorar el estilo. Y para aumentar las confusiones. No me sigo engañando. Voy a dejar todo así... Así nomás... En la inacción vienen ideas, vienen aparecidos, vienen asuntos que uno esperaba. Estar quieto no es un delito. ¿Por qué hay que estar de un lado a otro como el azogue? ¿Por qué imitar la columna de mercurio? Ella sube o baja cuando hay fiebre o cuando hay frío. Está condicionada. Pero ir así, deslizándose, sin que nadie nos hubiese empujado, sin que nadie fuese la causa inmediata, es estar a merced de la nada. Lo cual equivale a decir que el movimiento es la existencia. ¿Pero la existencia eterna de que han hablado tanto? Es la quietud, la inmovilidad en las tinieblas, o en las tinieblas no, más bien en una extensión donde no hay titileos ni golpes ni retina. Una inmensidad que nos asegura la paz. ¿Para qué esa paz? El resultado es un tremendo hastío. Uno se siente llevado contra el techo. Se tiende sobre la sábana y empieza a levitar. Como halado por hilos parecido a marionetas. Es importante hacer una metodología de la cama. Se dijo siempre: estar patas arriba. ¿Por qué patas arriba si las piernas van rectas, paralelas al mueble, o encogidas, pero nunca en suspensión?

El que dijo eso, desde el comienzo pensó en la voltereta del sueño. El desboque de las pesadillas. Se llevan al durmiente por los aires, lo meten en un túnel, le caen a tortura, lo bañan con un tobo, después con una manguera, lo paran en un ring y luego vienen los cables eléctricos, los cables punzando las partes dolientes, los cables adheridos a las bolas... Y los señores que representan la seguridad del Estado haciendo preguntas:

— ¿Lo conoces, verdad?

— Nunca lo he visto.

— Entonces, ¿qué hacías con él en el estacionamiento del supermercado?

— *Yo no estaba con nadie.*
— *¿Pero has ido a un supermercado?*
— *Sí.*
— *Entonces lo conoces.*
— *Jamás lo he visto.*
— *Pero él estaba en el supermercado.*
— *No sé.*
— *Por lo tanto lo conoces, maricón.*

Y vienen luego los golpes, los hierros amortiguados por gomas y pedazos de anime, los hierros que no parecen hierros pero golpean pavorosamente y el golpeado no tiene nada que responder, no sabe en verdad nada, apenas ha estado en contactos ligeros, pero sólo eso, pues todo está bien organizado, el participante no puede saber más de lo necesario, aunque su participación sea no participar, pero la policía, los aparatos de seguridad en cualquier parte son una mierda y no hay peor cosa que se te venga encima la mierda aunque sea en sueños.

*** *** ***

He vuelto. El único lector de todo esto soy yo. Es al único a quien tengo que rendirle cuentas. Ya traje las naranjas y me hice el jugo. La mañana, el mediodía casi, está brillante afuera. Hace un buen paisaje. Voy a decir cómo es para que no se me olvide. Para ver si después, cuando relea, las cosas siguen igual en mi memoria. Bueno... el paisaje es así: desde la puerta del edificio hacia abajo, se ven las gentes que se mueven. Hay dos o tres colores rojos, un azulado y mucha luz sobre las vitrinas. Dos tiendas han desplegado sus toldos verdes. Bultos de escolares que pasan. Un heladero con campanilla. Y los almendrones de siempre, con sus grandes hojas y sus frutos reventados sobre la calle. Cerca están los carritos de verduras, los autos mal estacionados, el quiosco de periódicos y el vendedor de escobas. Dos, tres papeles, se elevan sobre la calle y el sol cae y repica violento en el anuncio de refrescos. Así es la calle todas las mañanas. ¿Qué más? Bueno, algún extraño que busca una dirección, los parroquianos de siempre en el café de italianos, el desgano, una ventana abierta, dos, tres ventanas, una ropa puesta a secar en el balcón, los reflejos en el edificio lejano, algunos pájaros extraviados y dos nubes oscuras en el fondo, pero sin lluvia amenazante, porque el sol es más fuerte y más firme que otros días, digo yo, no me lo crean, yo que ni siquiera podría ver el sol. No me lo crean. Escribí **antes,** como si estuviera seguro que alguien va a leer esto, pero... ¡Qué se puede hacer! Es necesario inventar, porque si no la enfermedad en serio se lo va comiendo a uno. La enfermedad no, la soledad, vamos a nombrarla sin miedo y vamos a escribir sin miedo que nadie vendrá hoy tampoco, ni siquiera Elodia para que lave los trastos y me arregle el almuerzo o se ponga a limpiar y a decir cosas sobre la mala situación, como siempre, porque jamás uno ha oído decir que hay buena situación y lo peor del mundo es que yo la empeoré escribiendo este cordel de necedades, pero es la única manera, oiganme bien, la única manera de saber que estar viejo no es estar enfermo y al escribir voy como abriendo agujeros, construyendo espejos y me paso para el otro lado, como la muchacha del cuento persiguiendo un conejo y puede que llegue al mar y salte a un barco y entonces un puerto es inevitable al cabo de un poco de olas y delfines, más allá de un muelle con salitre y banderas y grandes cajas marcadas por los oficiales de aduana, promesas de países distintos, cada uno con su bandera y su caja, su orquesta y su resplandor, su grupo de muchachas que sonríen y se retratan en la borda, le dan de comer a las gaviotas, encienden los instrumentos de música... y la música dice adiós...

*** *** ***

Vista desde la ventana, ella es más luminosa que un diamante en el pico de un ave. Desde la ventana, en el cartel, ella se ve tendida sobre la arena, con la pierna izquierda hacia el sol, una toalla que apenas le cubre el seno derecho, un quitasol rojo, el refresco en una mano, y la otra, caída suavemente sobre la silla de extensión. Algunas revistas, bronceadores y aceites le hacen marco. Ella sonríe como si el salitre fuese una miel, un extraño licor, el cruce fresco del viento marino. Sobre el cielo encarnizadamente azul se despliegan dos papagayos de papel en tonos rojo y violeta, justo cuando una nube se perfila a lo lejos, en zonas que deben caer en distinto lado del mar. La otra tarde vino cuando menos la esperaba, pidió algo de tomar y dijo que las plantas se estaban secando, que yo era lo más despreocupado del mundo y que poco a poco el apartamento se inundaba de trastos, periódicos inútiles, libros sin abrir, afiches enrollados, cal desprendida, colillas y otras inmundicias...

*** *** ***

Había dicho que en esas condiciones un puerto es inevitable. ¿En cuáles condiciones? ¡Ah!, bueno...
Se trataba del otro lado del espejo donde ve uno lo que
le da la gana o lo que se le viene encima. Cuando trasladan grandes troncos, grandes pedazos de hierro, grandes tubos de concreto, todo, todo, colgando de enormes grúas marrones, haciendo así, descorriendo el cielo, metiendo el muelle completo en los barcos, el rumor
y el pescado fresco, los olores macilentos, penetrantes,
el chasquido de los cangrejos, los hierros frotados y esa
baba espumosa, verde orín, verde escupitajo, verde des-
leído vuelto ocre de herrumbre y rata envenenada con
la panza al aire cuando cruzan muy cerca los alcatraces
y otros pajarracos que buscan desperdicios en las orillas, toda la mugre portuaria bajo la maldición del sol y
los gritos de los caletereos que suben y golpean la borda, atruenan vidrios elegantes del camarote-capitán, del
camarote blanco con pulituras y esencias y camisas al-
midonadas para mirar desde arriba, con anteojos
largavista, todo el panorama de la orilla.

Por la avenida costanera pasan autos lujosos,
se muestran algunos chalets entre los árboles, hay un
campo de golf, una piscina, una pista para trotar. En el
largo caserón de la Escuela Naval hay jardines y anclas
como esculturas, faros inventados, trapecios. Levantando el anteojo se ve el comienzo del cerro, se sigue el
cerro con sus caminitos tortuosos, sus alambradas, las
enormes piedras por donde ha resbalado el agua durante miles de años, el gran hueco o zanjón donde se han
extraviado excursionistas y cazadores, las altas torres de

la electricidad, puntas de relevo, alta tensión sobre los aires, alambres de un millón de voltios que vienen y van hasta la otra ciudad y luego los inmensos matorrales, los verdes en receso, las lomas erosionadas y un nuevo verdor en hondonadas, salientes, lomos, picos, jorobas, porque el cerro es un animal, un enorme animal echado al que se le ven las arrugas de la piel y luego no hay más cerro porque el largavista ha caído sobre la habitación de un hotel playero donde él y ella preparan la función. El capitán sonríe y se acomoda, junta sus manos sobre el aparato, hace girar con el dedo índice la ruedita dentada que busca la distancia.

El capitán precisa la imagen y el cuerpo, en short blanco con rayas azules, se cruza nítido en el centro. Va hasta el fondo, busca algo en la alacena y regresa con una botella y dos limones. Ella luce bronceada sobre el cubrecamas rojo y hojea una revista mientras muerde una naranja. El la mira. El sirve una copa. El ofrece. Ella se mueve, gatuna, incómoda, dice que no con los dedos, seguramente respira hondo y se muerde los labios donde corre el zumo de naranja. Sus senos están desnudos y tensos. El se acerca y derrama la copa sobre los senos, lentamente, como para regar las flores y ella ríe, salta, se incorpora, vuelve a tenderse mientras él se arrodilla y pone sus labios en el pezón izquierdo, duro, turgente, se adivina, apenas se ven sus medios cuerpos, él está inclinado, sólo se ven ahora sus piernas que se encogen, se estiran, se encogen de nuevo, dan vueltas, allí, sobre sus dos piernas, más arriba, en la grupa apenas cubierta por el pequeño slip, allí donde baja la mano de él, la copa de él, derramada esta vez lentamente, las piernas que se abren y el baja con su boca y su lengua asomada entre los labios, se hunde, y cae la persiana y el largavista sólo registra unas rayas verdes, un golpe de viento, un resplandor vertical.

Yo iba en ese viaje y no quise bajar a tierra. Por eso me enteré de que el asunto era más complicado. Y el capitán no era sólo un divertido jefe de crucero turístico, sino que buscaba también unas joyas y un plano. La pareja del hotel no fue una mera casualidad del paisaje ni golpe de azar del largavista. El ojo había hecho su recorrido portuario porque deseaba detenerse donde realmente se detuvo. El que hubiera una escena de amor pudo ser mera casualidad. No estaba preparada. Ni el capitán era un libidinoso de antemano ni es posible que estuviera avisado de que a esa hora, en el preciso instante en que el lente catalejos pasaba por ese piso del hotel esa muchacha bronceada iba a estar allí, opulenta, brillante todavía de sol y algas, deseable como nadie, con la hendidura de sus piernas esperando el licor y los lamidos que han debido ser desesperados. La persiana ocultó todo y no sé si el capitán lamentó la pérdida de su visión o la imposibilidad de precisar si la pareja era o no era la pareja buscada para entregar la encomienda. Anunciaron que el barco, por razones de aduana, se quedaría tres días en la rada y que los pasajeros podrían tomarse todo su tiempo para las compras. Había tiendas típicas, un salón de baile y una venta de aves multicolores. Todos bajaron. La tripulación también bajó. Sólo se mantuvo el personal de guardia, algunos marineros somnolientos y borrachos, una vieja que tejía y yo que comencé a andareguear solo, a bajar y subir escaleras, a confundirme, a perder la pista entre las bodegas y los escalones de la borda, a penetrar en el camarote del capitán donde leí las anotaciones de lo que él realmente vio, vista muy pobre, muy sintética, sin ninguna elegancia, donde figura apenas el club, la Escuela Naval, el cerro y el apartamento de la pareja. Todo lo demás lo puse yo cuando escribí mi diario de viaje y lo transcribo ahora no sé si aumentado por segunda vez, con alguna vacilación en los colores, menos detalles en torno a los desechos marinos, quizás más precisión y deseo sobre el cuerpo de la muchacha que yo no quise perder aunque hubiera caído la persiana. Después, a dos días que el barco hubo zarpado, me enteré que el capitán no iba a bordo, que había sido sustituido por otro de la compañía naviera y el marino con quien brindaba a escondidas entre las rumas de salvavidas me comenzó a contar. Todo el viaje turístico era una simulación. Bueno, no tanto. Un pretexto. Los turistas de todos modos estaban allí, habían cumplido su itinerario, lo seguirían cumpliendo. Pero lo importante era el cargamento. Yo pregunté cuál, porque había recorrido todo el barco y nunca vi nada fuera de lo corriente que un barco de tours pueda llevar. Sin embargo, el marinero me dijo que no todo cargamento importante tiene volumen y se rió a carcajadas de mí y me dijo: Oiga, usted no sabe nada, usted no tiene malicia... Yo tampoco sé nada del mar. Aquí donde me ve, estoy disfrazado de marinero, porque mi misión es otra. Yo sé que usted entró al camarote del capitán y debe guardar silencio tanto como yo. Por eso le cuento hasta donde usted puede saber, además de lo que ya sabe. Cualquier indiscreción nos vale la vida. La suya más que la mía. De ahora en adelante debe colaborar conmigo. Yo le avisaré oportunamente. Le haré una señal cuando quiera hablarle y nos encontraremos aquí. Ahora lo dejo, porque tengo algunas cosas por hacer. No olvide acatar mi señal, para terminarle la historia y decirle lo que vamos a hacer.

Nos detuvimos en dos islas más. Habían pasado seis días y el marinero no daba señales. Los puertos eran casi los mismos. El mismo oleaje, el mismo verde, el mismo sopor. Los malos olores, las escorias, los pájaros hambrientos y los muchachos del muelle, pescando, entre las aguas inmundas, las monedas que lanzaban los turistas. La señora con el pañuelo a todo ventear. El señor con sombrero de guano y una novela policial. Las mellizas —en todo barco de crucero hay unas mellizas— que pasan cotorreando. El calor molestoso. El volver a bajar. Un restaurant con dos cocoteros doblados, mesas de tablas y un olor a mangos y frituras. La avenida principal que comienza en la esquina de una Casa de Cambio y a lo lejos el Hotel Internacional. Lo demás eran casuchas pintarrajeadas, con ventanas rotas y puertas de latón. Colores. Ventas de hamacas, flores, cañas, anzuelos, botes de goma y cordeles. En un jeep azul, entre el chofer y el ayudante, yo vi pasar al marinero. Debió ser. Se parecía. No sé. Lo vi pasar. Hice después un largo recorrido por entre las palmeras, vi como mejoraban las olas, el mar se ponía más claro y algunas casas mejor compuestas tenían sillas en las puertas. Y las ventanas estaban adornadas. Regresé en la noche porque se había anunciado una fiesta de disfraces. Las luces del gran comedor estaban encendidas. Las mesas dispuestas en círculo, hacia la pista de baile y al fondo la tarima para la orquesta. Comenzaron a llegar los viajeros y un locutor improvisado tomó el micrófono y anunció la presencia del capitán y su segundo de abordo. Al fin, dije, lo podré conocer. Estaba de espaldas cuando subió a la tarima y al saludar a la concurrencia yo vi que era el capitán del largavista, el capitán de siempre, el capitán destituido que dio paso a la orquesta con su ritmo tropical...

*** *** ***

Debo apuntar que me han crecido las canas. Yo creí que se me habían acabado de puro tirarlas al aire. ¿Tirarlas cuándo? ¡Qué inventor! Se me fue el tiempo. Así diga Joaquín lo que diga, uno ya está en la curva. Nos estamos poniendo viejos, Joaquín. Tú andas por allí, dándotelas de gran señor, cumpliendo con citas inventadas, con pasos de baile, con regalos, con amigos que te convidan a cenar, con la muchacha que conociste en un vuelo al interior, con la anfitriona de esa reunión de gerentes, con no sé quien. Puras mentiras, Joaquín. Tú no tienes gracia ni talante para hacer esas cosas. No tienes información y cultura. Tú lo que sabes es ser vivo. Y charlatán. Tienes alguna simpatía. Pero te faltan lecturas. Hablas mal. Dices accidente por incidente. Eres bueno, eso sí. De no ser por tu ayuda yo no sé dónde estaría. Tienes algunos días sin venir. Y me haces falta. Sabes que ya está vencido el plazo. Hay que cobrar la remuneración. Porque no es jubilación, Joaquín, tú lo sabes muy bien. Lo mío es un permiso remunerado. Pero yo no puedo ir a cobrar. Aunque me digas que tengo vigor, aunque jodas con eso de la vitalidad, sabes que hasta el Centro no me puedo aventurar. Ya ni siquiera conozco las nuevas líneas de transporte. Ya no sé dónde quedan las oficinas. El periódico no lo leo, Joaquín, tú lo sabes. Son malas todas las noticias. Alguna vez lo has dejado simulando un olvido para que yo lo vea. Te confieso que lo hojeo, pero ya la primera página molesta. Y la última es una amenaza. Puros desastres. Tengo terror a las invitaciones de entierro. Yo se que todos mueren cristianamente. Pero ¿por qué anunciarlo, así, de ese modo, con letras grandes y una cruz negra y unas orlas? Yo las miro de reojo. Y sigo: economía, política, anuncios clasificados, deportes. Nada me interesa. Deberías venir, Joaquín, para después ir a cobrar. Elodia necesita hacer el mercado. Pero también Elodia tiene varios días que no viene. Estoy aburrido de comer sardinas con galletas. Se están acabando los refrescos. Ya no hay cerveza. Creo que queda una. Eso es. Iré a la nevera a buscar una cerveza. Uno bebe lentamente su cerveza, mira los libros desparramados, el polvo que cubre las mesas, las cucarachas que avanzan por el rincón.

Se bebe lentamente, a sorbos, la cerveza, y se miran las paredes lisas, se recorren, hasta caer en el cuadro de ramas agrietadas, de hojas que parecen un muro rasgado, de vueltas y vueltas en el amarillo del cielo, un amarillo lánguido, un rosa pálido, un crepúsculo con más grises que rojos, la casita al final del camino, tres árboles raquíticos, un pozo y el humo que sale por la chimenea hacia un cielo también de humo que amenaza con noche y tempestad. ¿Qué busca uno en ese paisaje desabrido? Nada. No tiene nada que buscar. ¿A donde iré yo con estas canas?, decía el primo Alfonso, todas las tardes, en la puerta del corredor. Lo contaba mi madre. Iba frecuentemente hasta el espejo de la sala. Yo lo conocí de niño. Era un espejo grande, de cristal de roca, una luna que repetía las paredes y los muebles y me daba miedo de noche. El primo Alfonso se miraba sin que nadie lo viera o, mejor, cuidándose de que alguien lo viera. Se miraba así, de paso, y se alisaba el cabello para disimular. Lo que hacía era verse las canas. Poco a poco le iban creciendo, como el pasto del potrero, como la marca que deja la llovizna en la pared de arriba, la aureola del cielo raso, poco a poco, avanzando, desde la orilla de la frente, para el lado donde va la rayita. Aumentaban las canas y aumentaba su melancolía. Aumentaba el espejo. Aumentaban las fuentes y las ciudades y las fiestas que se veían en el fondo. Eran muchas, varias, las muchachas que se asomaban en el fondo del cristal, que pasaban con sus ramos de rosas, cubiertas por un sombrero grande y unos lazos de cinta que caían hacia el camino, muchachas con abanico, muchachas sonrientes que se levantaban un poquito la falda y ensayaban un paso de vals, muchachas que reían y hacían girar sus cabellos mientras bailaban una ronda tomadas del espejo. Todas ellas, o alguna de ellas esperaba allá, en la ventana de un pueblo desconocido, en la piedra grande junto al río, debajo de un árbol frondoso. Eran las muchachas que el primo Alfonso se llevaba en cabalgatas nocturnas, conquistadas a punta de serenata, a punta de canciones y buen decir, elegantes modales en la velada del pueblo, paseo muy cortés por los alrededores de la plaza. Eran los ojos y las bocas y los cabellos que siempre habría que conquistar, aunque fuera un simple beso de postigo, un adiós, una postal desde un puerto remoto donde decía que solamente hacía falta él. Hacía falta el primo Alfonso. Le hacían falta las muchachas al primo Alfonso. Pero con esas canas no había a donde ir. Con esas canas que multiplicaron por última vez las luces del espejo y las mismas luces se fugaron estremecidas, aquella tarde, cuando se escuchó el disparo.

*** *** ***

Igual he visto mis canas. Igual las veo ahora, con disimulo. Pero sin el pistoletazo. No hay nadie que pueda verme. Yo voy con reservas hasta el espejo del baño. Yo mismo no quiero mirar, me tengo vergüenza, no deseo sorprenderme yo mismo viendo las hierbas, las espigas, crecer. Van poco a poco cubriendo las sienes, según el tango. Las nieves del tiempo. Así decía el cantante y dicen que movía la cabeza con desilusión y algo de llanto simulado. Tenía la frente marchita. Y es verdad. Todos nos ponemos como las flores del jarrón, al tercer día. Los pétalos se amontonan, amarillentos, color barro o color de alas de cucaracha. Pero la señal es el encanecimiento. El primer anuncio. Y se han buscado todos los justificativos. Se dice que es signo de nobleza, de altivez. De gran señorío. De experiencia. De conocimientos profundos. Puras mentiras. Los cabellos blancos son el paso previo para llegar al color de escarabajo, de pétalo reseco. El color de escarabajo es el color de la muerte. Por eso las coronas, varios días después del entierro, resultan tan miserables y deformes. Se amontonan junto a la cruz y les corre un agua herrumbrosa, agua como de alcantarilla. Otros días más... y sólo quedan los alambres retorcidos y el arco que servía de sostén a las flores. Si por casualidad llueve, el agua se lleva las semillas, destiñe las cintas con letras doradas, hechas para el recuerdo según creían los dolientes. Mejor que haya llovido en esa ocasión. El abandono y la tristeza se volvieron blandos, los que acompañaron en los rezos se fueron dispersando porque las gotas eran gruesas y unas nubes muy negras amenazaban desde el fondo y un relámpago se asomó detrás de los sauces. Vi cuando todos se alejaban y no supe si era por la lluvia o porque le temían a la muerte. Yo también, pero no podía caminar. Por eso me quedé allí, con los brazos abiertos, como un crucifijo bajo las refusiles y los truenos.

Dije que la melancolía del primo Alfonso aumentaba el espejo. No solo en tamaño. Lo aumentaba en profundidad. El espejo multiplicaba lo que el primo Alfonso quería ver. En la primera cara aparecían nítidas, resplandecientes, las canas. Por eso había que intensificar la mirada para que nuevas comarcas hicieran desaparecer el motivo lamentoso. Era como una contradicción. Se querían y no se querían los rostros del espejo. La intensidad del desconsuelo podía contribuir a mejorar las imágenes. Es como si las lágrimas provocaran el júbilo. Y se hizo muy alegre y soleado el tiempo de la segunda cara porque allí se reflejaba un campo recargado de flores y enormes árboles de sombra. Las hierbas construían una muy suave alfombra para tenderse, junto a unas piedras veteadas que forman un medio círculo. Allí se habían depositado las cestas, las viandas, las frutas, los licores. Tres músicos acomodaron guitarra, sonaja y bandolín, y todos, o casi todos los del paseo, improvisaron un baile. Las muchachas solas comenzaron el juego haciendo una ronda y tomadas de la mano. En ella debería penetrar un caballero y realizar, por turno, cada una de las exigencias que le hicieran. O cantaba, o bailaba, o se ponía de cabeza, o caminaba simulando una cojera o escogía con los ojos cerrados a quién de las rondeñas darle un beso. Después entraban los otros caballeros y se formaban las parejas y la música alcanzaba su más alto esplendor. Aquí el espejo se volvía un poco turbio pero el primo Alfonso precisaba los ojos y el cabello de la muchacha que le había tocado en suerte para bailar. Era la que él deseaba. Y no se sabe si fue por azar o porque ella se atravesó en el punto justo por donde él iba a pasar. Dieron y dieron vueltas, lo ve en el espejo, porque el espejo es cambiante como todos los seres. Dieron y dieron vueltas para salirse del círculo, más allá de las piedras, hacia el campo pleno, ya lejos de las otras parejas, ya solos cerca de los pajonales y los tamarindos, ya ocultos por las nuevas sombras y la imagen se diluye un poco en el momento en que chocan contra un tronco y caen sobre los pastos con besos y con risas.

El primo Alfonso perfeccionó su técnica de examinar la luna. Penetraba en zonas cada vez distintas. Entre los reflejos apareció un tren. La locomotora lanzaba humo y pitos. En el vagón principal, ella le dijo si podía ayudarle en el arreglo de su pamela. Se le había desprendido el lazo y

— Mis manos, dijo ella, son muy torpes.

— Sus manos están hechas para anudar el cielo, dijo él, pero con gusto trataré de sostener la cinta.

— Siéntese, dijo ella sonriendo.

Afuera corrían, o parecía que corrían, unos campos distintos a los campos de siempre. Arboles y animales vislumbrados apenas. Casas, trozos de casas, huertas, huertas, fábricas, pajonales, pajonales, trozos de casas, postes de alumbrado, granjas, muros desvanecidos, la torre de una iglesia, un alero, el comienzo de un poblado, aves revoloteando sobre un sembrío de frutas, el cielo repitiendo nubes, metido en los ojos de la muchacha que lo miraba con asombro y delicadeza. Bajaron en la misma estación, él cargó su equipaje, montaron en un carruaje y después fueron a cenar. El espejo no precisa las figuras en el momento en que los dos comienzan el paseo nocturno.

El examen se volvió más minucioso. El primo Alfonso estaba dispuesto a pasar horas hundido en esas aguas cambiantes. Y en efecto ahora surgía una embarcación. En la pasarela de los camarotes él se vio en un zigzagueo involuntario tratando de ceder el paso a la muchacha que venía con un pez.

— ¿Y eso?, preguntó él, por entrador.

— Un pez pescado, no lo ve, dijo ella.

— No, no lo vi antes, sólo la miraba a usted que viene de las olas.

— ¿Cómo lo sabe?

— Por sus ojos, tienen guardado un poco de mar.

— Sin embargo, no conoce los peces, añadió ella.

— Prefiero las sirenas como usted.

— No se haga el tonto.

— No, estoy muy vivo para poder mirarla.

— No se haga el vivo, entonces. Un pez es un pez. Si quiere se lo explico.

Y rápidamente, con voz singularmente encantadora, inició la retahíla: animal acuático vertebrado de respiración branquial extremidades en forma de aletas aptas para la natación cuerpo en forma de huso y cubierto de escamas sangre roja y reproducción ovípara... y respiró largamente mientras sostenía el animal que ocupó todo el espejo con su ojo húmedo y vidrioso.

En los pliegues cristalinos aparece una mesa, un tablón mejor, con huellas de navajazos, nombres, manchas y quemaduras de cigarrillo. Se trata de una bodega con botellas de todos los tamaños y colores colgando en las paredes. Hay cuerdas, anclas y botijos. Hay afiches que anuncian una loción para el cabello y una mujer con pestañas de sombrilla que levanta una copa desde una pintura en el rincón. Alfonso está rodeado de los amigos que celebran su llegada. Todos brindan con el vino en alto. ·

— Repite, Alfonso, el cuento, dice uno.

— No, hombre, no, dice otro.

— Mejor el del genio y la botella, agregó alguien.

— Tampoco, dice un tercero. Cuenta el del domador que...

Pero se interrumpe cuando lo golpean con el codo. Que cuente lo que quiera, todo lo de Alfonso es bueno, que hable de su último viaje o de cuando estaba muchacho, intervino alguien rápidamente y dijo: brindemos otra vez.

Hubo gran entusiasmo. Sólo el primo Alfonso podía provocar tanto afecto. Sólo el primo Alfonso era tan admirado. Sólo el primo Alfonso recibía rayos y sonidos en la reproducciones cambiantes.

Y en efecto hay ciudades iluminadas. Una con edificios gigantescos, también llena de láminas transparentes. Por ella camina el primo Alfonso con prisa y alegría. Camina después con lentitud, para hacer precisos los parques y las fachadas, trata de recoger lo más que puede sus mensajes de piedra y acero. Después surge un puerto cubierto de neblina. Todo es muy gris, muy frío. Y salen con sus tripulaciones somnolientas los barcos balleneros. Esa rampa que aparece ahora sí es atractiva. Dicen que se cubre de ramos, bailes y flores. Los edificios tienen una dignidad uniforme. Encanta desde las molduras, las rejas y ventanas. Por ello los paseos son Paseos de Gracia. Una nueva ciudad es cruzada por un río de hielo. El primo Alfonso atravesó con temor y dudando, pero alterado por la sorpresa, para ir hacia el lado de las catedrales y el museo. Cuando volvió en otra temporada el río tenía agua pero el sol era obstinado y renuente, se quedaba hasta las últimas horas, impedía el anochecer, dejaba un resplandor y una blancura sobrecogedora, sólo disuelta en la otra blancura del espejo.

El primo Alfonso trató de contrarrestar las ausencias. Insistía porque las imágenes atrapadas en otro tiempo venían de nuevo a poblar la realidad. Lo que un día estuvo cerca y ahora se halla lejano, reconquista su anhelo de cercanía. El espejo se disuelve y se recompone en varias fases. Por ello los ocultistas dicen que se parece a la luna, por eso se llama luna lo que no es marco de madera o de metal. Hay algo notoriamente femenino. De allí el despliegue de mujeres, la constancia perseguidora, la líbido exaltada, la abudancia de conquistas y amores muy variados, sin que eso lo hiciera frívolo o atroz, superficial o siniestro. El primo Alfonso ascendía en la vida con una inexplicable seguridad. Casi todo estaba a su alcance, sobre todo los puntos excesivos de su conducta: las mujeres y los viajes. Pudo haber realizado algunos trabajos molestos, extenuantes. Pero aprendió a multiplicar sus ganancias con delicadeza, se nutrió de lo que el azar le entregaba a través de apuestas, casinos y loterías. Confiaba en su suerte, algunas veces cambiante, pero siempre ataviada de un retorno vivaz, cuando menos lo esperaba, para seguir su exploración por aquella explanada cubierta de ídolos gigantes, enormes serpientes cubiertas de plumas y pirámides donde el sol y la luna entretejían sus designios bondadosos o perversos para el corazón de los hombres, con frecuencia sangrante bajo la obsidiana en la piedra de los sacrificios. Después había un andar reconfortante por el paseo lujurioso de plantas y la llegada al bosque con el castillo y sus fuentes. Un día dio el gran salto hacia el extremo sur y un río llamado de plata, pero ya sucio, que en nada producía reflejos, le salió al encuentro para ofrecerle un despliegue urbano cosmopolita y seductor, con inmensas avenidas y parques y pérgolas y muchachas de inexplicable aventura, bellas y misteriosas en las mesas de las confiterías, en las estaciones del tren, en las marquesinas de los teatros, en las radiaciones del Centro o la media luz del arrabal. Ya de regreso, en la meseta, visitó la casa del héroe, la gran plaza abierta en su homenaje, la Carrera poblada de pequeños cafés donde se charlaba de historia, de juegos, de trampas y de literatura y él pudo lucirse con su destreza para los mazos de cartas y su memoria para ciertos poemas glorificadores, lánguidos, místicos o gozosos. La última ciudad lo abrumó de cortesías.

Frente al espejo, él quería recobrar todas sus andanzas. ¿Se excedía acaso, iba muy lejos en sus pretensiones? Los budistas dicen que el conjunto de formas que allí se aposentan no son más que un aspecto de la vacuidad. ¿Cultivaba el primo Alfonso su vacío antes de que las canas llegaran sobre su frente y se multiplicaran en el cristal? ¿Trataba de conversar con los espíritus? ¿Intuía que podría haber otros seres, no muertos, sino habitantes de otra estancia, que saldrían en el futuro a ejecutar nuevas acciones? ¿Se contaba entre ellos?

¿O simplemente repetía el antiguo rito? Debí haberle preguntado a mi madre si esa propensión por los espejos la tuvo desde siempre. Es de sospechar que sí. Alguien triunfante como él se debería querer mucho a sí mismo. Sin antipatías ni abusos, como lo prueba la admiración que sus amigos le tenían. Pero es probable que desde siempre practicara la ceremonia para celebración de su tolerable vanidad. También lo era tolerable en el doble. El primo Alfonso pudo excederse. Creo que llegó a admirar más su reflejo. Se pasó al otro mundo. Deseaba vivir allí porque todas las grandes realizaciones estaban guardadas por la luz y cuando él quisiera las pondría de nuevo a flotar. Se desdobló a plenitud, para seguir siempre siendo.

Pero un día el espejo se dio vuelta. Como hacían en las casas cuando algún deudo moría. Se llenaban de lazos morados las ventanas y los astros no podrían repetir sus centelleos en las lisas superficies. Todas las formas y figuras, reales e irreales, pasadas y presentes, ciudades y muchachas, fueron cubiertas por una imagen única que hacía de centro y totalidad: las canas florecidas, firmes, seguras, avanzando sobre las sienes, pintando ya el pelo de las orillas, asomadas por los lados con el efecto blanquecino como la respiración de los próximos difuntos. Las canas que no dejarían, según él, ir a ninguna parte, ni siquiera a los lugares que guardaba en su memoria. Ir hacia las ciudades encantadas que allí estaban contenidas. Ir hacia las muchachas radiosas que cantaban y bailaban por él. El primo Alfonso fue cubierto por la última señal del espejo. Tuvo conciencia, según la lectura recordada, de la desnudez de su sueño esparcido. En toda la casa se escuchó la detonación.

*** *** ***

El manual del Dr. Kastenbaum quiere ayudar. Yo no dudo de sus experiencias y su buena fe. Todo lo pinta como si las durezas que se han dicho y hecho contra los viejos fueran el resultado de mentes canallas e imprevisivas. Como si fuesen el resultado de uno mismo, por pesimista, y terco. No se si vale la pena repasar las observaciones del Dr. Kastenbaum, aunque nadie como él ha buscado diversión y trabajo con la destrucción y la muerte. El habla con mucha amabilidad y comprensión, pero también nos recuerda que nos vamos. Nos vamos de otro modo, pero nos vamos. Yo quisiera rebatir aquí algunos de sus puntos, para pasar el rato. Quisiera creer en todos ellos para darme consuelo. Así estamos. Así va la cosa. Nos vamos poniendo viejos, Joaquín. Muy pocos se ocupan de nosotros. No hay una música de viejos que se ponga de moda. No hay sitios donde ir. No hay jabones para los viejos. No hay medias entradas a los cines, aunque uno se las merece más que otros, pues ve menos. No hay promociones ni paseos ni un sistema de becas. ¿Por qué no puedo yo cursar estudios en París, vamos a ver, por qué no? ¿Quién mejor dotado? Veo que va haciendo su influencia el manual del Dr. Kasten... ¿qué? Braun... bau... baum... qué se yo... ¿Ve?, doctor, como se me olvida hasta su nombre y usted dice que eso no importa, que puedo recordar las cosas de antes, que eso le pasa también a los jóvenes. Yo no sé, doctor. Usted dice y yo siento. Usted experimenta, pero yo me quedo afuera. Yo quisiera ser uno de sus pacientes. Experimente conmigo. Ojalá tenga razón. ¿Qué es lo primero que hay que tener? Fe... ¿No es verdad? Bueno... y... ¿Cómo hago para tener fe? ¿Cómo voy a meterme en la cabeza que estoy triunfante, que estoy mejor que a los veinte años? Bueno... en ciertos aspectos sí. Los veinte años son una mierda. A esa edad nadie le hace caso a uno y uno no sabe para dónde va. Tampoco lo sabe ahora. O mejor dicho, sí lo sabe. Si hay algún extravío este concluirá forzosamente en la desaparición. Pero a los veinte años uno ni siquiera piensa en extraviarse. No piensa nada. Vive allí, medio idiota, sin miedo, sin universidad, sin mínimo técnico, sin profesión, sin oficio conocido... Vive con alegría. Sin estos temores a decirse uno mismo la verdad. Sin tener que escribir, como ahora, todo lo que se nos venga encima, sin ton ni son, para matar el tiempo y creer que con esto podemos olvidar la verdad, la verdad de ahora, la inmediata, la de aquí mismo. ¿Cuál es la verdad de aquí mismo? Esta, carajo: no quiero admitir que me estoy poniendo viejo. Ni siquiera los que se dedican a cuidar viejos piensan que ellos también se pondrán viejos. Jamás se pasan por la mente que todas las técnicas que aplican les serán aplicadas a ellos, tarde o temprano. Por su mente no cruza la palabra viejo. No cruza por la mente de nadie. Todos tienen miedo a sentirse inservibles, a dar esa imagen jorobada en un parque, a las tres de la tarde (no sé por qué a las tres la tarde es más triste), con el bastón haciendo tanteos entre la hierba, apartando las pequeñas piedras del recodo y la sombra de una bandada de palomas que pasa por su cabeza. No sé, pero un viejo es así.

Toda pintura de un viejo es así. Por ello me he negado últimamente a ir a los parques. En los bancos de madera, muy escarbados por las lluvias y los insectos, están otros viejos. Dicen que meditando. Lo que dan es lástima. Tienen la mente en blanco como un muñeco de paja. Uno ni siquiera habla con ellos. Ni le hablan a uno. Todos damos lástima. Se dormita un poco. Se escucha el ruido de las fuentes. Nos alejamos un poco. Nos disolvemos un poco...

Hasta el momento en que atraviesan los niños de la escuela. Pasan voces y risas. Se oye a lo lejos el pito del heladero, los muchachos que anuncian el diario vespertino, el ruido de unos camiones pesados. Después vuelve la calma con el viento de la tarde y con el viento de la tarde vienen las campanadas lentas, monótonas, melancólicas, de la iglesia vecina. Uno debe regresar, se acomoda su chaqueta negra porque comienza el frío y de nuevo el bastón escarba entre las hierbas y las piedras.

*** *** ***

El doctor dice que no es fácil definir la vejez. Y es cierto. Hasta la palabra es difícil, pesada, como roca tirada por un cerro: Gerontología. Después que la palabra rueda, huele a paños mojados, a pasillo silencioso, a muro de ladrillos y enredadera reseca. Gerontología se parece a unos escalones gastados que conducen a un edificio igualmente gastado. Se expande un olor a desinfectante, ramos de flores y jugos en lata. Dije desinfectantes. He debido decir alcohol isopropílico, gasa, jeringas, bolsas de hielo, fomenteras, tensiómetros, cables, inhaladores, calmantes, inyectadoras, algodones... El diccionario es más elegante: **estudio científico de la vejez y de las cualidades o fenómenos propios de la misma**. ¿Para qué estudiarlo a uno si ya de nada sirve? ¿Qué puede aportar uno? Experiencias para ayudar a los que tienen experiencias iguales a las nuestras. Si se pudiera ayudar a los niños. Pero no. Esta llamada segunda infancia no tiene encanto, ni gracia, ni promesas. En lo único en que se parecen las dos infancias es en la caca y en los meaos. En que los viejos se mean sin control. Pero no pueden llorar para anunciarlo.

*** *** ***

Los amigos y familiares, cuando se tienen, se ocupan de que las cosas no se amontonen, húmedas y malolientes. Afortunadamente yo todavía puedo hacer algo. No he recurrido ni a Joaquín ni a Elodia. Sería lo último. Yo mismo me ocupo de todo. Hago un esfuerzo, trato de aguantarme. Cuando llego por fin a la poceta, no me sale nada. A veces, sólo un chorrito. Sin violencia. Por eso disminuye sin control y algunas gotas me caen encima. Poco a poco se va formando la mancha amarillenta. A veces me dan ganas y digo, para qué ir, si no me sale nada. Entonces me aguanto. Pero las ganas siguen. Voy otra vez al baño... y nada. Regreso. Leo algo o escribo. Vuelven las ganas. Me digo: esta vez no voy. Y me dejo estar, porque, como antes, no vendrán los orines. Me dejo ir, así, como si nada, confiando en que tampoco saldrá nada. Entonces me meo. Por eso la mancha aumenta. Aunque uno friegue y refriegue con jabón, todos los pantalones saben a meaos de viejo. ¿Son estas las cualidades de la vejez? El diccionario es un burlista. Un chistoso que maneja sin piedad los vocablos. Quizás cuando dice fenómenos propios, sí acierta. Porque uno es un fenómeno. No en el sentido de ocurrencia o de algo espectacular. No. Uno es un fenómeno en el sentido de anormal, de mamarracho, de organismo al cual le falta algo, de ser que espanta, de monstruo. Pequeño monstruo, le dicen a los niños cariñosamente. Viejo monstruo, le dicen a uno para injuriarlo.

*** *** ***

No se sabe cuando comienza la vejez. Según el doctor K hay una edad cronológica, una edad corporal y una edad social. Así. Como para estudiarlas en un librito de la escuela primaria. ¿Qué es cronología? Viene del dios Cronos, el dios del tiempo, un viejo zarrapastroso y miserable que le come las bolas a sus hijos. Yo no recuerdo bien, pero el semen de un dios cayó al agua, en una concha marina y de allí salió esa muchacha tan increíble y relamida llamada Venus, pintada en los libros de educación artística, pintada en algunos almanaques, sí, otra vez el tiempo, los malditos almanaques que le marcan a uno cada día, le señalan las lunas, le anuncian las tempestades, el regreso de los cometas y sobre todo los eclipses. Eso es. El ocultamiento del astro. El ocultamiento del planeta, mejor. Porque nunca uno pudo ver un eclipse, ni siquiera parcial, de sol. Y hubiera sido bueno ver al sol en el eclipse de su vida, como dicen las biografías de los grandes hombres. Pero el sol siempre ha estado allí arriba, terrible, implacable, jodiéndole a uno el mero centro de la cabeza, dejando caer sus ardores en plena nuca, rebrillando, fulgiendo, chillando, sobre las latas de zinc, sobre los vidrios de las ventanas, encima de los afiches de latón, por arriba de los pasamanos, sobre los hierros de los muelles, trepado en las cadenas de los parques, las rejas de las antiguas mansiones, el sol recorriendo hierbas, portones, azoteas, miradores, un pedazo de sol metido en un vidrio, el sol recogido en una botella y ella, la rubia de oro, la rubia de sol a sol, dura jornada, insolente día, calentándole las ganas a la gente y uno viéndola estar, con su refresco en la mano izquierda, inalcanzable, sin querer nada, coqueta, distante, mala amiga... porque en verdad, la verdad sea dicha, lo que es... es una mala amiga... Yo no le he pedido nada. Nada de nada. Sólo nada más que me mire, que mire hacia acá, que pase por encima de las terrazas y las antenas, que cruce el baldío, que atraviese la avenida, así, de este modo, por los aires, no le va a pasar nada, no la verá nadie porque vendrá muy rápido, saltando por los tanques de agua y la ropa tendida a secar, si quiere, ocultándose detrás de esos muebles que abandonaron desde hace años, una nevera vieja, una silla sin ruedas, una puerta partida, se puede inclinar allí, para que los trabajadores de la Compañía de Electricidad no la vean y luego seguir en el aire, hasta aquí, hasta mi ventana, por la que puede pasar tantas veces como quiera y tendrá mejores refrescos que ese de la botella y verá algo nuevo, una habitación con libros, un ambiente cálido, un techo dónde ocultarse del sol, del maldito sol que me la tiene cautivada. ¿Por qué tomará tanto sol? ¡Qué bueno si se ocultara el sol! ¡Qué no brille! Que no la queme. Que no la marque. Que la deje así, como está, con su color de selva, con su color de fruta reventada, con su aspecto de hoja que se ha dado vuelta, con su marrón brillante, con su dorado. Es ahora cuando uno entiende la función de los eclipses, la función de los almanaques. Vamos a estudiar pacientemente que día se ocultará el sol. Ah... ya lo veo. Anuncian un eclipse para dentro de un año. ¿Para qué? ¿Estaré todavía para verlo? ¿Estaré todavía para verla? Qué se vaya el sol.

*** *** ***

Ella estará entonces libre, no se reclinará más en la arena, vendrá hasta aquí sin toldo ni refresco, en plena noche anticipada y yo le ofreceré un cocktail, un trago preparado con naranjas y la botella de ginebra que trajo Joaquín. Ella levantará su mano como la estatua, levantará su mano para tomar una fruta y dirá:

— Gracias, mil gracias, estaba tan aburrida. Había tanta arena. Usted es tan amable. ¿Qué cosa es este licor?

— Algo que cura el sol —digo yo para dármelas de inteligente.

— Ah... —dice ella.

— Sí —digo yo.

— ¿Por qué debo curarme del sol?

— Tiene muchos días —digo— muchos meses, algunos años, tendida al sol.

— ¿Y eso que importa?

— ¿Usted no cree que puede hacerle mal tanto exceso... por favor...?

— Mal... No lo sé... Estaba aburrida...

— ¡Aburrida... eso es... aburrida...! Aquí estará más divertida. Siéntese, descanse, por favor.

*** *** ***

Se ha eclipsado el sol. Ella levantará su pierna espectacular, pero aquí cerca, frente a mí, levantada desde el viejo sillón, con su copa en la mano, mejor que la botella de refresco, con alguna arenilla y un brillo marino en los alrededores del club, otras ventanas abiertas, otras gentes que paseaban, otros toldos que se abrían, porque ella ha ido cambiando el paisaje a medida que pasan los días y el paisaje también la ha cambiado a ella, lo digo yo, créanme, yo la he visto hasta cambiarse de trajes, trajes de color encendido, trajes azulados, rojos, verde montaña, la he visto levantarse y andar hasta el final, allá, donde se ven esas rocas y algunos muchachos juegan a pescar, sí, allá en el fondo donde ella se tiende en el acantilado y su cuerpo es observado por las gaviotas que hacen sus vuelos curvos y la quieren encantar.

*** *** ***

Una vez yo la veía atentamente y se me nubló la cabeza. La deseaba tanto que la cabeza me dolió, se me reventaba la cabeza de deseo, se me nubló la cabeza y fue así como llegó el vendaval, golpeando con furia contra la lata del anuncio, doblándola, haciéndola traquear, yo oía desde aquí los golpes de viento y las chorreras de agua, el latón se combaba, se ponía tenso se volvía a doblar y ella multiplicaba su pierna izquierda, miles de piernas izquierdas salidas a pleno cielo, suerte de aves trenzadas por el viento, dobladas con sus picos de dedos, con sus curvas de gancho, con sus picos furiosos, sus piernas en arco, así, muchas, rodando por las nubes oscuras y su pelo sin la cinta abriéndose como una gran bandera, luego banderolas, después pañuelo, cinta, cuerda, cordel, bambalina, sedas, hilos, madejas, rollos, tejidos, sus cabellos haciendo nudos, tejiendo una gran manta de colores, bordada de uno a otro cerro hacia el valle lejano y después sus senos eran unas grandes flores abiertas en los pantanos, en las fuentes, en los grandes charcos y las torrenteras que bajaban por las alcantarillas y las pasarelas de los edificios, los corpiños o la parte alta de su traje de baño estirados en las antenas, acolchando los pararrayos donde se desmayaban los relámpagos, rayos, zig-zags de fuego sobre los pezones ardidos, los pezones al igual que unas lanzas batallando en la lluvia y las hojas levantadas hasta yacer con ella, toda ella, con su pierna izquierda alzada y su sonrisa de diabla diva o diablesa colocada sobre el césped, muy lejos, únicamente observada por los troncos, las ramas y las frutas traídas de otra parte del mundo por acción del aguacero... La lluvia la fue cortando, fue haciendo su cuerpo un servicio de fragmentos y cuando el ojo único se alzó en el espacio su pupila tapó las nubes, tapó todo, escondió la ciudad, escondió el campo de ramas abandonadas y sólo se metió incisivo, audaz, arriesgado, insolente, provocador, en mi ventana solitaria donde también la tempestad había dejado su furia con trastos viejos y ropas arrastradas desde las terrazas vecinas y yo tapándome con los pedazos de tela para que su ojo único no me hiriera la frente, no me hiriera los ojos, no usara su rayo de luz con tanta fiereza cuando más bien debería estar amable, detenerse, entrar, secarse un poco y preparar un té para el descanso o la eternidad.

*** *** ***

¿Qué había ido a buscar la tía Ermelinda a Europa con su valija escamada y llena de manchas, con sus muñecas de trapo que ella decía eran para el recuerdo, sus cartas de amor muy manoseadas y llenas de dobleces y huellas de lágrimas? ¿Qué hacían esas hojas secas de sábila, tan torcidas como un rabo de lagartija, varios rabos de lagartijas, junto a sus perfumes que olían más a remedio que a fiesta en la noche con guitarra y bandolina? Yo nunca supe porque no estaba para darme cuenta de ciertas cosas, pero si para sentirlas y oía cuando apilonaba sus pañuelos de color y sus rosas disecadas y alguna que otra estampita de la Inmaculada Concepción y pensamientos de papel que se convertían en corazones y corazones que se abrían donde decían quien te quiere... Yo la oía, sin entender:

— Todo esto es parte de mi martirio. Pero fue parte de mi gozo.

Entonces ensayaba una lágrima, un ayayayay, un suspiro que parecía enredarse entre las cintas de la valija y daba vueltas entre los frascos de esencias y se escuchaba su clamor, sosegado y vestido de pliegues de papel, tanto que ni siquiera era clamor sino palabras que salían lentamente:

— Es parte del desencanto, pero es parte de mi ilusión.

Porque ante todo había sido el amor más limpio y más puro según decían las señoras de la Sociedad de Santa Rosalía. Celebraron su compromiso con la mejor banda de música formada por intérpretes de las aldeas vecinas y hasta trajeron loros y monos para decorar la función. Las cortinas de Lágrimas de San Pedro abrían el recinto y todo estaba preparado para viajar a Italia con la esperanza de recibir la bendición del Santo Padre y traerse unas cuantas indulgencias para repartirlas entre las beatas del pueblo. Ella preparó cuidadosamente su equipaje. Unos cuantos vestidos, un sombrero pasado de moda, unos coloretes y muchas fotografías borrosas, hojas de libros. Llevaba sobre todo objetos de barro, figuritas muy mal trabajadas por los alfareros de Mirabel, piedras del río, piedras de todos los colores, pedacitos de roca, ramas secas, nervaduras, caparazones de bichos, capullos secos donde había estado el gusano, alas de mariposa, musgo, cortezas de árbol, frutas arrugadas, carozos, ramas de palmera y unas cuentas sacadas a los ojos de los santos, cuentas de vidrio que recordaban el viejo altar, esperma derretida, grumos, trozos de madera, algunas cadenas oxidadas y el ángel de cartón que adornó su pecho en la fiesta patronal.

Pensar en ellos, era pensar en la quietud de los pastos el día domingo. Era pensar en los manteles tendidos, en las sábanas olorosas, en los cielos rosados de la tarde y las nubes que se iban acomodando con mucha lentitud sobre el filo del cerro. Si había noche, la noche de ellos era perfumada de jazmines y la música salía de las cuerdas llamadas primas en la guitarra, solamente una música aguda ascendía por los tejados desde la ventana, donde ocurría la serenata y por los cielos se extendía el lamento de un cantor. Alguien pensó que los vendavales no podrían ocurrir más, que no vendrían aguaceros interminables y que las brujas jamás se meterían por las claraboyas y los duendes serían aquietados en las huertas y los rincones y que no había nada que temer. Ellos, en vez de caminar, flotaban. En vez de reír, desgranaban sonrisas. En lugar de comer, tenían grato apetito. En lugar de llorar, dejaban correr, según dijo el poeta, el manantial de su congoja. Porque semejantes novios no podían estar tristes. Ni demasiado alegres. Eran como se pensaba de ellos: sin pecado concebidos. Y ellos, al menos ella, se concebía sin pecado.

*** *** ***

Pecadora se sabía la tía Ermelinda después del suceso inesperado. El escándalo que volvió roja la noche del pueblo, porque el circo ardió de repente y se dijo que muchas fieras se habían fugado y un payaso quedó estrangulado en una red, mientras los trapecistas hicieron de verdad un salto mortal, sin malla que los recibiera, sino las llamas que subían desde el aserrín y las lonas, con el estruendo necesario, el olor a cenizas y los curiosos congregados para ver aquel espectáculo que algunos interpretaron como la gran tanda final anunciada, donde habría acontecimientos que jamás otros ojos podrían ver. Y fue así. O se preparó así. Porque a unas semanas, con los pedazos de carpa todavía humeantes, se supo que él, el intachable caballero, había provocado el incendio para poder huir con la bailarina y ganar tiempo. Cosa que logró en parte, y digo en parte porque se comentó que el domador salió a caballo por el monte, arrastrando con una cuerda al león más fiel que le quedó, para ver si podía darle alcance a la pareja y todo fue una mortificante jornada por trochas y barrancos, con relinchos del caballo y de vez en cuando un doliente rugido del león, ya desacostumbrado al monte, a los troncos y a las piedras. Muchos abusadores en el pueblo se dedicaron a describir aquella persecución y decían que en una lomita aparecían en sus cabalgaduras el caballero y la bailarina, el domador los miraba desde lejos, apresuraba la marcha, pero ellos se hundían en las laderas, se metían entre los árboles para volver a aparecer en el cerro lejano y el domador espueleaba al caballo y el león rugía hasta más no poder y nada lograron porque se hizo de noche y comenzó a llover y los relámpagos iluminaban las cabezas del caballo, del león y el domador, pero la pareja se había vuelto oscuridad total.

*** *** ***

La tía Ermelinda comenzó a conocer el silencio. Ese que inventan las habitaciones de arriba, la de más allá, al final, donde no se puede conversar con nadie y solamente los fantasmas y las ratas se tragan los pedazos de luz y de sonido. Mirada sobre los trajes antiguos, revisión de baúles, fotografías con su eterna mancha amarilla, almanaques con todos los eclipses de luna y las palmatorias encendidas para que los santos intercedieran... ¿Para qué?, se decía ella, si ya el mal está hecho y en el pueblo deben haber inventado todas las barbaridades del mundo. Por eso concibió su plan lentamente. Decidió abandonar su soledad y abrió las ventanas del cuarto que daban a la calle, mejoró las cortinas de los postigos, llamó en voz alta a alguien de la casa y dijo que le trajeran la guitarra y se la trajeron y se puso a cantar. Creían en la familia que se había vuelto loca, por el cambio tan repentino, pero no, estaba en sus cabales, alerta y emocionada y hasta se vio de nuevo una luz en sus ojos.

Ella se decidió a buscarlo. Escribió cartas. Conversó con gente que pudiera estar enterada. Como supieron de su interés, algunos por ayudarla y otros con mala intención, iban dejando caer las noticias. Ciertas cartas, a medias. Otras, inventadas. Se dijo que habían llegado a un puerto de Italia, donde fueron acogidos por viejos amigos napolitanos que fundaron la banda del pueblo y habían regresado ricos a su región. Se dijo que se empleó como listero en un almacén de Sorrento, y ella, la bailarina, divertía por las noches a los clientes de una taberna llamada Luciola con su gracia, sus piernas y sus ritmos desconocidos para borrachos y solitarios que aplaudían hasta el cansancio y daban gritos y trataban de imitar los pasos tropicales pero daban traspiés y algunos caían y otros saltaban entre grandes risotadas y salpicaduras de vino, mozarella y basílico.

Vivían felices, dijeron los informantes. Por las tardes daban paseos, compraban pañuelos, miraban el mar. Alguna vez visitaron Capri y fueron después a comprar floreros y animalitos de barro hasta la costa de Amalfi. Exageraciones. Pienso que deseaban mortificarla. Cada quien inventaba su historia. De alguna parte salió el decir que habían pasado a España en un vapor que partió de Génova (¿por qué no de Nápoli?), y no les costó nada la travesía porque ella bailó durante todas las noches y encantó a los pasajeros, a la marinería y sobre todo al capitán. Alguien dijo que alguien, a quien su primo le contó, tuvo la certeza de haberlos visto (ella con el caballero, no con el capitán) de haberlos visto tomándose unas fotografías junto a unas palomas en la Plaza Mayor. Alguien, también, dijo que habían alquilado un pisito en el barrio de Lavapiés y que de vez en cuando se paseaban muy orondos por la Gran Vía y asistían a las funciones del Ritz. Varias veces se les vio por Retiro, donde comieron almendras y después estuvieron apostando al tiro al blanco en una verbena. Vivían felices, dijeron los informantes.

Pero un día llegó una noticia de la cual la tía Ermelinda no pudo tener dudas. Llegó justo cuando su rencor había alcanzado lo más alto. Era una carta en donde se decía la verdad. El vivía en efecto en Madrid, pero la bailarina había desaparecido. El estaba en la ruina. Habitaba un cuartucho miserable y no tenía como retornar. Entonces la tía Ermelinda preparó con lentitud y deleite su plan. Fue por eso que pidió su parte de herencia, para irlo a buscar. Fue así como decidió su viaje. Tomó todas las precauciones. Consultó a Custodia, la bruja de Cerro Largo. Fue cuando comenzó a formar su increíble colección de hojas, pencas de sábila, flores disecadas, trozos de tela, estampitas, desechos, todo lo que ya dije antes y ahora no puedo acordarme, pero sé que todo eso serviría, según me enteré después, para que no tuviera desmayos en el viaje, poder hallar a su antiguo caballero, encantarlo de nuevo, enamorarlo otra vez. El cargamento de objetos, aparentemente inservibles, era mucho mayor que su equipaje de cosas personales, pues para ella no se trataba de lujos, sino de llegar para encontrarse con él. Y se encontraron.

*** *** ***

Estoy aquí y veo. Estoy aquí y las hojas caen como cualquier otoño pintado en los libros. Estoy aquí porque algunos muñecos de vidriera se van a poner a bailar. Toca el trombón ese holandés con cara de bobo, toca el clarín el músico disfrazado de músico, toca todo el mundo dándole a una lata vacía de alcanfor, toca todo el mundo, con su percusión, toco yo que no silbo ni el himno nacional, toco lo que toco, lo que toca todo el mundo, lo que debo tocar y el que toque las cuerdas mirándose al espejo buen tocador será. Así es. Han pasado las horas. Ha pasado el tiempo, como dicen los almanaques. Ha pasado lo que ha pasado. Me ha pasado el mundo por encima y yo me siento mejor que el mundo. Yo sé que soy un bicho, un animal cualquiera, una miseria. Ni siquiera un animal. Un pobre idiota que se dedica a escribir páginas mal hechas para que el sol salga de otro modo, para que la luna no se ponga tan fea, para que los malos olores y el polvo que fabrica los estornudos no venga tan rápido, tan duro, a fastidiarlo a uno que lo que sólo quiere es descansar. Y ni siquiera eso quiere uno. Es pura mentira. Si uno quisiera descansar no haría notas como estas, llenas de abandono y mal decir, notas para saber que uno está vivo y puede gritar y rejoder. Pero de todos modos son notas muertas. Notas tristes. ¡Qué sabe uno! ¡Notas! ¿Qué más da? Y por eso uno sigue. Porque de ese modo el cuerpo se acomoda. O, mejor dicho, el alma se acomoda, porque ya del cuerpo queda poco y sólo este pensar a medias le ayuda a uno a la respiración y hace creer en eso que los curas llaman espíritu y que los brujos mientan como el vaho secreto del ánima, el moverse del esqueleto una parte que no se puede tocar, el fantasma de los nervios, la lucha del aliento para que la muerte no le tape la boca ni los dedos y poder escribir y sin embargo escribir para saber que uno está mal, porque Elodia no ha vuelto ni Joaquín llama y el sucio y los papeles y los restos de comida se siguen aglomerando, la cocina se llena de cucarachas, mientras yo pongo aquí estas palabras para hacerme el loco y no entender, no querer entender que la miseria y la tristeza se están metiendo por las puertas, se están metiendo por las rendijas, vienen volando como abejas o pájaros, vienen, vienen, se cuelan, son como espantos, no hay puertas que las pueda atajar, es toda la desesperanza y el olvido que se cuelan por las rendijas como si fueran viento malo, basuras, estrecheces, hormigas del infierno, insectos malucos que me quieren comer.

Pero yo no me voy a dejar comer. Yo todavía no soy hoja seca y la prueba es que escribo estas cosas y las seguiré escribiendo hasta que no pueda respirar, porque a veces me asfixio, me duele la frente y el pecho y creo que no podré más, pero sé que Joaquín puede venir y traer esa agua de colonia que me refresca, traerá sobre todo su palabra y me dirá que todo va a seguir y que otra vez saldrá la luz y que mañana es otra vez.

Otra vez, claro, uno se engaña. Y sigue poniendo estas letras para que no pase el tiempo ni vuelva la noche ni vuelva el amanecer. Uno quisiera quedarse aquí ahora, para siempre, como si fuera una estatua a la cual el viento no le hace daño y las hojas la van cubriendo lentamente, la van pintando de amarillo y de mugre, con las escarchas que hacen las palomas y las trizas del vendaval, una estatua que crece, sí, crece de sucio y podredumbre y óxido, como todas las cosas que se abandonan en un terreno baldío, o en medio del alma, cuando se piensa que ya no hay salvación.

*** *** ***

Sí... ya yo sé lo que se ha dicho sobre esto. Lo he visto en los libros. No soy tan idiota ni le temo a encarar mi problema. Pero ahora voy a ver las ratas que pasan. Se meten entre los periódicos viejos. Hacen algún ruido y así no estoy tan solo. Las ratas no son feas como se ha dicho. Tienen algo de vivo, algún temblor, una emoción. Las cosas no son definitivas y estar viejo no es tan despreciable. Es difícil, pero no tan despreciable. Sé que según las circunstancias un anciano es venerado o condenado a muerte. Es impotente, pero también, el que tiene la sabiduría. Es a veces el sacerdote. Sí. Y el que reúne la mayor grandeza. Yo ví en una enciclopedia la estatua de Ebih-Il. Fue hecha como dos mil setecientos años antes de nosotros. Se dice que es la más antigua figura de un anciano que haya aparecido hasta ahora entre las ruinas. Se le ve la cabeza pelada y tiene barba, pero su solemnidad indica que toda persona de muchos años está en comunión con los dioses. «Ponte de pie ante las canas y honra el rostro del anciano», dice el Levítico. Y según el Génesis, la duración de la vida humana ha sido fijada por Dios en 120 años. Concede buen tiempo, si se ven las cosas desde aquí. Pero como don de alguien que no ha tenido principio ni tendrá fin, como regalo del Eterno, es una mezquindad. Qué coño son ciento veinte años para alguien que no verá nunca sus músculos avanzados por la fauna cadavérica, invadidos lentamente por los gusanos y unos colores que no estaban previstos en todas las teorías, unos colores con mal olor y sabor, supongo, y después, los huesos dispersos, inútiles, pequeñas piezas de algo que la tierra se come y no se come, trastos inservibles a los cuales ni siquiera los gusanos les hacen reverencia, y luego las otras reverencias, que son peores, los traslados en un cofre o en una botella, según sea la dignidad, para un panteón, una fosa nueva... o la dispersión en el mar. Y lo peor: quedarse allí en las bóvedas, sin que nadie los saque y los traslade, quedarse allí a merced de los perros y los estudiantes de anatomía, que juegan con un fémur o una media calavera, que los ponen en alcohol para librarlos de las impurezas, cuando los impuros son los perros y los estudiantes que nunca llegan a pensar que uno además de hueso también fue corazón. Y dicen, desde el tiempo de los médicos egipcios, que el corazón es fuente de la vida. Pero hay también un papiro donde se afirma que la inutilidad de los viejos se debe a una dilatación del corazón. A estas alturas uno no sabe a que atenerse. Los poetas, desde las Viejas Escrituras se dedicaron a elogiarlo. «Ponme como un sello sobre tu corazón», dijo uno de ellos. Desde allí la víscera se desperdigó por el mundo y no hubo nadie que no dijera que uno era su corazón. Los guitarreros venían por la noche y cantaban: «Amorcito, corazón... tara tara tarán... tarara...» Y los recitadores decían que por Teresa de nuevo existía el corazón, lo cual iniciaba un proceso de resurrección a través de una muchacha que estaba llena de ligereza y era como un río que nunca acababa de pasar. Y así volvemos a la eternidad y a Heráclito, que dijo: «Nadie se baña dos veces en un mismo río», cuando lo lógico, en esta tristura que yo vivo, es que nadie se ríe dos veces en un mismo baño.

*** *** ***

Sí... ya sé que todo esto es penoso... Me molesta que lo digan a cada rato... Yo lo sé más que nadie. ¿Quién va a conocer mejor su pena que uno mismo?... Se va disolviendo lentamente, se le apagan los ojos, no le entra ninguna música, la sangre trabaja con penuria y su boca no pronuncia palabra. Así lo dijo, no lo digo yo, un tal Ptah-Hotep, que era visir, hace cuatro mil quinientos años. Y los muñecos pintados en las piedras, aún antes que él, ya ponían al viejo como una figura encorvada apoyándose en una estaca que otros llaman bastón. Pero el bastón o la estaca no limpian la cara ni los pelos. Por eso los egipcios de antes se preocuparon por maquillarlo a uno. ¿Maquillarlo? ¿Es así como se dice? ¡Maqui... Maqui... maquinita de la vida más máquina serás tú! ¡No joda! El papiro —y se puede ver en las bibliotecas y los tratados— dice así, como cualquier anuncio de hoy en día... dice así: «Recubra la piel con esta pasta... suprima las arrugas de la cara... Cuando la cara se haya impregnado de ella le embellecerá la piel, hará desaparecer las manchas y todas las irregularidades. Eficacia garantizada por numerosos éxitos...». Como ven, eran pícaros. Ya comenzaban a burlarse desde lejos. Porque los viejos nunca han servido para un carajo, así se les atribuya sabiduría y prudencia en algunos tiempos. Pero son muy pocos. Lo que se sabe es que sí hubo caridad. En Nippur, antes de Jesús, los templos les daban asilo. Pero, ¿por qué? Ello equivale a decir que no tenían donde vivir ni eran soportados en ninguna parte.

Bueno, yo no es que quiera decir que a uno lo tuvieron siempre de lado. Ya dije que vi en un libro la más antigua representación de un antiguo. Es decir, de un viejo. Es por el año 2.700 antes de Cristo. El anciano está calvo y barbudo. Pero sus ojos lanzan una luz como si se pusieran en contacto con el mundo divino. No, no todo fue tan duro. En el Levítico se dice ponte de pie ante el anciano y honra sus canas. O mejor, ponte de pie ante las canas y honra el rostro del anciano. Hipócrates, Plutarco, Cicerón, Séneca, que sé yo, no me acuerdo cuál fue el que dijo que de nuestros ojos sale un espíritu luminoso. Ese espíritu dizque se mezcla con la luz de afuera y por eso los viejos cuando leen tienen que apartar el libro y con ello se evita la violencia que sale de nosotros y la luz se mezcla entonces correctamente. ¡Miren ustedes cómo se han dicho estupideces! Cómo si uno no supiera qué diablos es la presbicia... El rostro del anciano... Si señor... Que rostro ni que rostro... Un poco de piel seca, en tiras, con unos ojos que no ven ni tienen esplendor. El rostro... Alguna vez se habló del Santo Rostro para designar a Cristo cubierto de espinas y sudando. Por cierto un Cristo que se muestra lozano en todas las pinturas. Menos en la de un alemán llamado Grunenwald (no se si se escribe así), donde aparece muy aporreado y los cachetes, mejor, donde iban los cachetes, hay unas rajas, unas protuberancias, unos canalitos que brillan de dolor. Porque el dolor tiene brillo. Por eso a los mártires les ponen esa ruedita de luz encima. Si uno juntara todas las rueditas de los santos podría alumbrar una ciudad. Si los viejos tuviéramos rueditas nos sacarían a pasear por las noches y así ahorrarían electricidad.

Pero lo que tenemos son sillas de ruedas, o tienen, porque yo todavía me muevo con firmeza y no pelo un escalón. Y eso que los escalones están hechos para pelarlos. Es difícil acertar aunque uno no esté muy dolido de las piernas. Yo no sé por qué siempre hay un escalón que falta. Ese. El que cuesta tres meses de yeso... y hasta la vida.

Hay uno que llaman de la fama. Todos se mueren por pisarlo. Ya yo estoy preparado, porque ese escalón me llevará a la diestra de Dios Padre o me llevará a los bordes rocosos del Infierno. O a ninguna parte. Esa es la verdad. Los viejos no vamos a ninguna parte. Somos biliosos, o sanguíneos o melancólicos. Esto sí es verdad. No hay nada más viejo que un viejo mirando por una triste ventana. No ven nada. Aunque se muevan las cosas allá lejos, no ven nada. Miran por mirar. Además, las cosas están lejos. Uno inventa, entonces. Inventa un pájaro resplandeciente que da vueltas y se enreda en las rueditas de luz, se enreda en la cabeza del mártir o en la antena de los televisores. Se enreda en la aureola, que así se llama la ruedita. Detrás hay un edificio que brilla. Unos muchachos que dan gritos. Varios ventanales que estallan también y por algún lado las nubes que también deben tener colores, si es de tarde, pero siempre atacadas por las grises que se van levantando desde el cerro, nubes que son como tigres y dan grandes zarpazos en el cielo. Uno mientras tanto está melancólico en la ventana. No hace nada. No vienen ni Elodia ni Joaquín. Aquí no se mueven las cosas si yo no las muevo. Pero casi nunca tengo ganas. Apenas borronear estas cosas para saber que corre sangre y juntar ocurrencias y disparates. Yo estoy consciente de que he escrito muchos disparates. Y muchas mentiras. Pero es que las enciclopedias y los poetas me tienen roto el entendimiento. De todos modos, son cosas que uno leyó alguna vez. Y después les ha ido inventando añadidos y máscaras y trajes. Alguién habla en alguna parte de una floreciente vejez. Dice que el único viejo no ridículo es aquel que no hace nada, que ya ni come, ni bebe, ni se acuesta con mujeres. No es verdad. Todos los viejos somos ridículos. Y acostados con mujeres, mucho más. Pero uno sí tiene derecho a murmurar y a beber. Cuando Joaquín viene y me trae la cerveza, yo respiro hondo. Hay un poeta griego —sigue la maldita erudición— que decía más o menos así: Soy viejo, sin duda, pero aguanto la bebida mejor que los jóvenes y cuando llevo la voz cantante tengo como cetro un odre. Más o menos así. ¿Pero cual voz cantante, si lo que me sale es una maldita tos y Joaquín no ha venido a traerme nada? ¿Qué le pasará a Joaquín? ¿Y qué demonios le pasará a Elodia que no viene a limpiar?

*** *** ***

Joaquín me contó una historia, entre tantas historias. Pero estas deben ser mentiras de él... Le gusta inventar... Se las da... Quiere pasar por interesante. Bueno... cualquiera... ¿No? Sin embargo, allí sale mal parado. Lo malo es que no me acuerdo mucho. Es un asunto con un cartel, afiche o poster... o como lo quieran llamar. Joaquín dijo, eso si lo recuerdo, que el llegó muy temprano a una parada de autobús. No había nadie en la cola. Ni habría por mucho tiempo. Fue entonces cuando advirtió al hombre del cigarrillo que le sonreía desde la pared. Estaba allí, pegado, liso, como si no fuera de verdad, como en efecto no era de verdad sino un poco de tintas de colores y letras por los lados y algunas groserías escritas por los muchachos en lo que debería ser el saco y el borde del pantalón... El dijo que le provocó hablarle. ¿O sería yo el que hablé y estoy metiendo a Joaquín en este asunto? Hay algo que no preciso. Pero sí me acuerdo que yo le conté a Joaquín lo de la muchacha de los refrescos, allá en la valla. No se lo conté todo, pero algo le conté. Es posible que Joaquín haya inventado todo eso para echárselas de solitario y quitarse ese aburrimiento de hombre optimista con que llegaba a darme aliento. El dice que vio al hombre metido en la pared y que parecía sonreírle. Lo que le había pasado en la oficina lo tenía como loco. Entonces le dijo —o habló él o hablo yo ahora— no sé. Habló:

Hoy he llegado más temprano que nunca. Mire mi corbata bien dispuesta, mire mi peinado. Fíjese que por primera vez no termino el lazo de mis zapatos aquí, frente a sus ojos. ¿Luzco radiante hoy, verdad? ¿No le parece? Nada de fatiga nada del resto del desayuno en los labios, nada de ajustarme el cinturón disimuladamente. Y usted mismo está diferente hoy: tiene un poco de humedad en el rostro y sonríe mejor. Sí. Hasta el día está diferente. Mire usted la ciudad, los edificios que comienzan a brillar desde el fondo, los árboles de la avenida y los de más allá, los turbios y distantes, todo, todo distinto, con un olor, con una cosa, con algo en el aire... ¿No siente usted eso?... ¿Qué?... ¿Qué son cosas mías? No, de ningún modo. Mire un poco. ¿Le parece que siempre fue igual? ¡Ah!... entonces... Sí, sí... Reconozco que antes no había tenido tiempo para fijarme mucho. ¡Venía siempre tan apurado! Apenas si podía gritarle al conductor. Bueno... sí... convenido, hoy es diferente... Pero es que casi lo había olvidado. No sé... Tanto tiempo viniendo aquí todas las mañanas. Y hoy lo he hecho sin darme cuenta. Ha sido mi costumbre, mi vida, mi única vida de todos los días. Por otra parte, yo no tengo la culpa de lo ocurrido. Y no crea que trato de justificarme, no, vea, no. Este... no sé como decirle... Bueno... Se me ocurrió que el jarrón verde debía tener una flor de papel como corona. ¿Qué quiere usted que le haga? El único papel que había a mano era el expediente de Shewill Company Limited. Me dirá que nada tiene que ver una flor con Shewill Company Limited. Es cierto. Pero no era Shewill Company el asunto, compréndame. Todos sabemos que allí no hay nada en común. La corona sobre el jarrón sólo me concernía a mí, me entiende, a nadie más que a mí. Aunque usted podría decirme que podría, que he podido hacer la flor con otra cosa. Lo cual es una idiotez como observación. Es natural que se me ocurriera otra cosa. ¿Cómo no se me iba a ocurrir?... Secreta y odiosamente estuve pensando en el mechón de pelos del señor Méndez. Hubiera sido encantador el mechón de pelos del señor Méndez servido como rosa sobre el escritorio. Pero... un momento... No... no piense eso... No piense que tengo un gusto pésimo. Piense solamente en la sorpresa, en la sor-presa admirable cuando todos regresaran del cafetín, cuando toda esa gente horrible y podrida de la oficina hubiera entrado. ¡Ah!, ¡qué bien! El señor Méndez es una casta rosa... el señor Méndez no fornica con nadie más que su mujer, el señor Méndez está servido, es pan en el escritorio, es papel bond, es la rosa I.B.M., es la corona de la oficina. El señor Méndez me hubiera agradecido y sin duda me hubiera invitado a las cervezas a la salida. ¿Ve usted? Ve cómo se equivocaba al atribuirme mal gusto. Y eso que no sabe que también pensé en las pantaletas rosadas de la señorita Marta elegantemente servidas en el jarrón. ¡Ah!, y para su consumo, sepa que lo pensé con la más refinada morbosidad. Sí, con la más refinada. Todos estarán de acuerdo en que no hay nada más bello que las pantaletas de la señorita Marta elegantemente servidas sobre el jarrón. Y además, el acto era sencillamente hermoso. Imagine las pantaletas de la señorita Marta re-ple-ga-das, cuidadosamente dispuestas, en pétalos, tentadores, haciendo corona sobre el jarrón verde. Las pantaletas de la señorita Marta por primera vez a la vista de todos, impunemente, una muestra completamente gratis, una ganga de navidad, sin automóvil como justificativo, sin grandes suites de hotel como respuesta, sin otras flores verdaderas como regalo. Además, permítame decirle que esto de las pantaletas tiene también su parte lógica. ¿Qué mejor material que unas pantaletas rosadas para una flor? Es hasta redundante. Y cursi, si se quiere, no se lo voy a negar. Pero tiene también su parte poética: Imagine las pantaletas de la señorita Marta presidiendo nuestra serísima oficina. Surge de pronto un color. La señorita Marta está instalada en su jarrón. Le llueve, como es de costumbre para las flores. Y los pliegues se iluminan... comienzan a moverse los pétalos, y las máquinas y los archivadores electrónicos y las computadoras dejan de sonar... Hay un olor a pétalos o a pantaletas que se extiende por el salón. Y todo el mundo se dispone como para un viaje, para las vacaciones en la playa o en el hotel de montaña. La señorita Marta vuela por la oficina, está a merced de las manos, roza tibiamente las paredes, se tiende blanda sobre el sofá de espera, se despereza, se muerde los labios, recoge los cabellos, levanta su extraordinario muslo izquierdo, murmura algo y continúa en viaje con todos los que la siguen hasta el mar, hasta el follaje del parque, hasta el chalet lejano, hasta el viejo muro de un solar baldío... hasta... hasta... Oiga, solamente quería explicarle que yo no tuve la culpa. Se me ocurrió eso porque bueno... ¿sabe usted lo que son veinte años lentos, años lisos, pulidos, acomodados como en un tablero de damas? Veinte años en correcta formación, apretados todas las mañanas y las tardes sobre la puerta de entrada, subiendo desde las patas del escritorio, reptando, babosos sobre el vidrio, cuidadosamente apagados sobre el cenicero de cobre, muertos y resucitados diariamente. ¡Ah! Yo sólo podría hablarle de esos veinte años. Claro... ¿cómo no voy a hablarle? Si los he vestido con mis ropas, si los he llenado con mi tos menuda, con mi olor de lavanda, con mis innumerables y melancólicos «buenos días»... «buenos días»... Sé que usted dirá que eso le ocurre a cualquiera. Que cualquiera anda, salta, galopa o pule esos veinte años. Yo tampoco lo dudo. Pero no hablo de ello porque mi caso sea excepcional. No. Simplemente lo digo. ¿O es que piensa que trato de asombrarlo? No, por lo que más quiera, no. ¡Si ese es mi problema! Los otros hablan a menudo de sus hechos extraños. Siempre les sucede algo inaudito. Vea... Luis, el del Almacén, viaja todos los fines de semana, se las arregla para no pagar en los hoteles, le regalan cigarrillos egipcios y regresa con más dinero del que tenía al partir. Ramón, el de la Técnica Contable, siempre se acuesta con mujeres que hablan otro idioma, rezan mientras dura el coito, usan medio corpiño... ¡qué se yo!... Hay también los héroes continuos como Marcial, que llega oportunamente a la hora de apagar el incendio, siempre nadando frenético hasta más allá del rompeolas para regresar victorioso y espumante con su medio-ahogado en el hombro. ¿Y yo, qué? Escúcheme: son veinte años, goteantes, en mis manos, en mi cabeza. Veinte años abiertos cada mañana a las seis y quince, vestidos en un cuarto de hora, desayunados de café con leche en cinco minutos y llevados de bruces por las aceras y las calles hasta llegar frente a usted, mucho antes de que se hubiera instalado en el muro. Sí... en otros tiempos en que usted no era usted sino un gran frasco de refrescos y otros en que no eran ni usted ni la botella sino una mujer con un pañuelo que se llevaba el viento y decía en letras de humo: ¿Me permite que le encienda el cigarrillo?... Y tantas cosas más, tan lejanas. Yo los conocía muy bien a todos. Estas rayas, estas pinturas del asfalto, esa línea negra que usted ve, la esquina, el poste del alumbrado,

todo, todo tiene mis huellas, mi imagen, mi sombra de
cada día... ¿Y usted? Usted también me conoce ¿verdad?
¿Qué no? Claro que me conoce. ¡Si me observa! ¿No? Entonces es la mayor ingratitud. Yo sí lo observo. He seguido su historia desde que vino el muchacho con la bro-
cha y la goma y lo dejó ahí. He lamentado incluso que le
llueva sobre el traje, que la corbata se le haya desteñido.
Y sé que también le han pasado los años. Aunque sonría
siempre. Aunque aparezca tan seguro... tan indiferente
a todo. ¡Siempre su gesto altivo! Por ello, se lo confieso,
lo he envidiado alguna veces. Veo como soporta que los
vagos hayan usado su cuello para escribir inmundicias.
Y parece que lo ignorara. ¿Cómo podría uno saberlo?
¡Siempre usted tan instalado sobre el nudo de su corbata! Claro que se nota el tiempo que le ha caído sobre el
rostro. Pero el gesto es el mismo, es decir, su aparente
inconciencia de nosotros. Alguna vez he pensado que
hay algo más. Que usted se guarda sus emociones, las
administra, las calcula... Y más allá del papel descolori-
do, hundiéndose en el muro, su sangre salta en la telara-
ña del granito y más allá sus pies, en la noche, comienzan a andar por la avenida. Usted, sí, no me lo niegue.
Se le alteran los ojos, lo cerca el brillo, otros ruidos, otras
voces, las del viento, las que pasan... y el tableteo que
cesa y deja paso a las voces cercanas, de aquí mismo,
cuando todos ellos vienen a desgranar sus cuentas, sus
desayunos mal digeridos, sus venenos contra el vecino,
sus amores ruinosos o de gloria, toda la maquinaria de
gente que se empuja y maldice, repite la idiotez de las
cuatro esperas diarias, cantan, murmuran, no tienen vien-
tre, no tienen sesos, no se parecen, son iguales, imbéciles, no me ven, no lo ven a usted, no recuerdan, se pu-
dren, revientan aquí o se despedazan en el confín de la
ciudad, por los barrios astrosos, por los residenciales de
lujo, hasta la boca de los túneles, sobre los autos, única-

mente sobre los autos, con caras de autos, voz de bocina, ojos de faro, sobre ruedas, corazón de ruedas, ruedas, ruedas. Ruedan hasta infectar las calles, hasta arder,
hasta cubrir de humo los edificios y los árboles... Bueno,
de todos modos, usted me observa a mí... a mí que parezco juntar la mayor dosis de estupidez, a mí que llego
solo, que no me ha oído decir que celebro mi cumpleaños, ni los planes que uno se hace íntimamente para llegar a la fiesta, ni decir ni siquiera ¡mierda!, cuando el
maldito autobús se retrasa... Pero... déjeme decirle una
cosa... ¿Me escucha? La otra vez, recuerda, yo vine aquí
por la noche. A lo mejor todo esto se lo dije una noche.
Pero de todos modos no iba a la oficina. Quería dar un
paseo, correr una aventura, en fin, hacer algo... ¡Ah!...
¿Le sorprende, no? Ve cómo yo también tengo mis cosas.
¿Qué se había creído? Todo esto que le he contado antes
es falso. Ganas de uno hacerse el afligido, nada más. Y
de proporcionarle placer. Porque sé que usted goza, que
se divierte, que malsanamente me compadece. Y todo
porque usted es un engreído... un... claro... se ríe... se ríe
de mí como siempre lo ha hecho con su seguridad en-
gomada. Usted... usted es un... miserable. Me da asco.
Lo desprecio. Ahí va mi saliva. Estúpido... ¡Ah!... pero
prepárese, oigame bien. Yo vine aquí la otra noche y no
iba a la oficina. Iba de aventuras, sabe. Como hombre
importante que soy... como todo un hombre, con mis
pies seguros... con mi porte gallardo... Estaba discreta-
mente perfumado, lucía una magnífica corbata a rayas y
mi traje de gala. Era un gentleman, me entiende, todo un
gentleman. Cuando bajé en la Gran Avenida la gente
comenzó a mirarme. Ojalá y usted hubiese visto las reales hembras que volteaban a mi paso. Yo... indiferente.
Eché a andar solo por la calle de árboles nuevos. Había
un viento fresco y toda la ciudad se alzaba ante mí con
sus gemidos, sus olores, su gran reflejo de neón que me

esperaba. Una manifestación celeste de carteles y de luces y mi nombre escrito al final del edificio de vidrio, en grandes letras que se encendían y apagaban: ¡JOAQUIN, LA ETIQUETA QUE DISTINGUE!, ¡JOAQUIN, LA ETIQUETA QUE DISTINGUE! Y luego había sombras para volver a comenzar la gran llamarada y un vocerío que crecía bajo el anuncio de color: BIENVENIDO JOAQUIN, HEROE DE LAS GRANDES LIGAS y el estribillo cerrado del público: ¡VIVA EL SHORT STOP!... ¡VIVA EL SHORT-STOP! ¡VIVA EL SHORT-STOP!... Y más tarde aparecía yo en un gran retrato, con un anuncio de género que decía: JOAQUIN, EL CANDIDATO DE POSTIN y los gritos repitiendo: JOAQUIN... JOAQUIN... JOAQUIN... JOA... Después fue el maldito autobús, en el cruce de la esquina, cortando la llamarada y el vocerío, con sus amortiguadores vencidos, con el escape roto, lanzando humo, papeles despedazados, colillas, polvo sucio, basuras... Claro... basura sobre basura. Humo negro sobre humo negro. Porque yo soy una basura, una colilla de hombre. ¿Ve usted? He fracasado queriendo dármelas de importante. ¡Qué aventura ni que nada aquella noche! ¡Mierda fue lo que hubo! Basura, pura basura y escupitajos y calle solitaria y noche cerrada y mujeres extraordinarias que no voltearon ni una sola vez, ni-una-sola-vez, le juro, a pesar de mi lavanda recién comprada. He tratado de mentirle y... ya ve usted... no he podido. Además, lo he insultado a usted, que no me ha hecho nada, que es mi amigo... si no hay mejor amigo que usted... Oigame... Perdóneme... Olvídese de todo... déjeme limpiarle la saliva. Así... ya pasó. Ya pasó todo, ¿verdad? No ha sido nada. Claro... claro... no ha sido nada. Son cosas de uno, usted sabe. Se me fue la lengua. Y además era broma. Yo sólo quería molestarlo para que me dijera algo, para que no continuara con esa risa que seguramente le provoco. No fue nada. Si pudiera, lo invitaría ahora mismo a que tomáramos algo, para celebrar todas nuestras paradas de amistad. ¿Aceptaría? Bueno... así me gusta... Desearía que sonriera de otro modo... que seamos camaradas... Y... sabe una cosa... usted es de las pocas personas con quien se puede hablar. ¿Se sonríe? No... no lo digo por eso. Todos tenemos nuestra vanidad. Uno a veces piensa: tengo mis huesos y mis pellejos y mi cabeza de tortuga y para algo han de servir. Usted también tiene sus huesos y sus pellejos. Yo sé por qué se lo digo. ¿Qué? ¿Duda? No... si lo importante es tener recuerdos dentro de la tortuga. ¡Y veo claro que usted los tiene! Tiene al menos la soledad que usted mismo se ha inventado. A pesar de estar en plena calle, tan al desnudo. ¿De qué puede quejarse? Todos están para usted a la altura de las axilas y puede pensar que todos no sean sino axilas, solamente. Así puede tener sus recuerdos más altos. Aunque no se los escuchen. Es como si estuviera solo. ¿Quiere que probemos? Bueno... voy a retirarme. ¿Verdad que ahora me ve menos, me oye menos? Quisiera ser como usted. No ver nada ni oír nada. A mi no me ve nadie ni me oye nadie. ¿Me oye? No, ¿verdad? ¿Me ve? Claro que no. Se fija. Todos lo ignoran a uno. Uno a veces quiere decir algo, rozarse, sentir cerca el aliento de alguien. Pensar que al regreso a la pensión, junto a la silla mugrienta, en medio del biombo y los calzoncillos y las medias colgadas, para partir el olor picante, una voz, sólo una buena voz se quiere entre las salpicaduras del café y los periódicos despedazados. La voz suya podría ser. O una cualquiera y desconocida. La que se está esperando desde hace tanto tiempo, a la vuelta de la esquina, en lo profundo del parque. Ella, que ha debido aparecer cualquier sábado. Porque hay mujeres especialmente hechas para el sábado. Como la que un día nos mira desde su cerco de hojas en la floristería. La mujer vitrina... la mujer dulce de pasta y café tomados

silenciosamente al atardecer... aquella que reunía toda
la tristeza del mundo en la escalerilla del avión... La
vecina que desapareció una noche de borrascas... o siquiera la desconocida que se internó conmigo en los matorrales del terreno abandonado y se le quería brotar el corazón cuando el grupo del barrio nos asaltó con sus piedras y
sus gritos, cuando ellos ladraron, azuzaron los perros y rieron a grandes carcajadas y nosotros corrimos seguidos por
los perros, los perros y la inmundicia... Sólo una buena
voz, tendida con sus cabellos sobre el cobertor, más
dulce, más tierna... ¡qué se yo!... como dice la canción.
Sí... y luego la voz pasándole cerca a uno, en el oído,
dando pequeños mugidos, entrecortada en el momento de rasgarle la falda, en el momento de tomarle los
senos bajo las sábanas calientes y apretar y hacer que la
voz se transforme en grito tendido para que nos suene
mejor aquí dentro, en el pecho o en las tripas... la voz, la
voz llenándolo a uno, cercándolo a uno, escarbándolo
a uno, la voz llenando todo con un solo y extraordinario grito que haga desaparecer las cortinas, el biombo,
las persianas... un solo grito que sepulte para siempre
la pensión, las calles, la oficina... áááááh... Bueno, dis-
cúlpeme, quiero que me disculpe. De repente uno cree
que está solo y puede gritar. Aunque tenga que respon-
derse uno mismo, uno mismo sostenerse las palabras,
oler el biombo y las cortinas y las cajas de libros y
revistas... Pero... oigame... se me ocurre una idea... se
acabaron las historias. Usted y yo vamos a salir esta
noche a divertirnos en forma. No, eso no importa. Yo le
prestaré mi corbata. No... tampoco... su traje no anda
mal. Una limpiadita, y listo. Exacto. Así me gusta. Zapatos
lustrados. Buen gesto, buena sonrisa, andar elegante. No hace
falta nada más. La gente nos mirará como a dos buenos
amigos que se han dicho: ¡la noche es nuestra! ¡Vengan
dos más! ¡Eh, mesonero traiga dos más! Aquí hay dinero

de sobra. No le dé miedo. Mi amigo y yo para las que salgan. ¿No es cierto, compañero? Usted es amigo mío, ¿cierto o no es cierto? Y ya verá aquí a esas dos niñas bailándonos aquí, en los vasos, en la viva espuma. Y usted y yo para las que salgan. Las niñas en la espuma y nosotros trago con ellas... ¡Ja... Ja...! Bebiéndonoslas en la misma espuma... ¡Ja... Ja...! Y cantaremos: Nosotros los viejos marinos... un buque de guerra construimos... pa'beber y beber... en el fondo del mar... porque ya no se puede beber en la tierra... pa'beber y beber... ¡Mire que cuerpos, compañero! ¡Mire que cinturitas! ¡Eh!... no se las lleve... no se las lleve... Tráigame mis cinturitas, mozo, mesonero, amigo... ¡no se las lleve!... ¡no... no!... ¡Ah!, perdón, me he excedido... he gritado de nuevo. Pero uno grita porque ¿qué se yo?... cosas... Como le decía antes, uno ha pasado tiempo hablándose hacia adentro... Al principio es todo muy simple: una luz, un color, cualquier ruido, alguna frase escrita en la pared, alguien que pasa, los perfumes, cierta disposición de los árboles. Después todo se va ligando, tomando cuerpo y uno se dice: esa música tiene que ver con el árbol. El árbol crece entonces dentro de uno. Y uno se siente dueño, domador de un paisaje, de algo que ve, ciertísimo, aquí, frente los ojos. Sí... es verdad... no se asuste. No me mire con desconfianza. Yo he llegado a controlar tanto mi árbol que doy dos palmadas y el árbol aparece. Dos palmadas más... y desaparece. ¿Lo cree absurdo? Llámelo como quiera. Pero no, eso no. Nada de espectáculo. Es cosa mía, únicamente mía. Puede llamarme idiota si desea. Pero no me negará que puedo fabricar árboles a palmadas... y campos y ríos y pájaros. Puedo... bueno... ¡Qué no puede hacer uno a veces, después de estar acribillado por hojas de papel, maquetas, computadoras, tarjeta marcada al amanecer y al atardecer! Todos, todos se van y tienen sus historias y juegan a los caballos y aciertan la lotería y arrastran mujeres hasta sus cuartos y se perfuman y cantan y suenan. Entonces yo me digo:

— Joaquín, trepa sobre tu árbol.

— Voy... estoy poniéndome tierra en las manos para no resbalar.

— ¿Puedes llegar a lo más alto?

— Sí, creo que puedo.

— Entonces apúrate, Joaquín, desde arriba se ve todo.

— ¿Hay un campo alrededor?

— Sí, puedes mirar las piedras del barranco, los animales.

— ¿Y qué más?

— La laguna llena de patos y hojas podridas.

— ¿Hace viento?

— Sí, sopla algo... y los gavilanes se están yendo de lado.

— ¿Y ese humo?

— Es la casa de tejas que está ardiendo.

— ¿Por qué no gritas, entonces? Debería ir alguien.

— No pueden oirme... Además... alguna vez tendría que quemarse.

— ¿Y está por llover de verdad?

— Sí, te digo que el aguacero se acerca.

— ¿No se ve a nadie?

— Sí, viene tu papá a lo lejos con una hoja de cambur. Trae también dos perdices.

— ¿Nadie más?

— Nadie... La neblina se está acercando, apenas se ve un pedazo del pueblo y están sonando las campanas.

— Entonces subo.

— Apúrate, Joaquín.

— Ya voy, estoy poniéndome tierra en el pecho y en las manos para no resbalar.

...El agua, las campanas, mi padre, la laguna... No, no me mire con desconfianza, compréndame. He estado molestándolo tanto tiempo y usted me ha escuchado. Se lo agradezco. ¿Cómo no se lo voy a agradecer? Si es tan difícil... si nunca se había ocurrido hablar con nadie así. Y nadie me había escuchado. No he venido a esperar, como todos los días. Ya ni siquiera sé por qué estoy aquí. Y quiero aclararle que yo no tuve la culpa. Sólo que no le he dicho que hoy no voy a la oficina. No. Después de lo del jarrón y la rosa de corona no puedo volver más. ¿Que por qué vine aquí entonces? No sé... ¿Qué quiere usted? Sí ha sido así todos los días. Hoy sentí que había sonado el reloj, creí que había amanecido y fui rápido con mis ropas, rápido con el asfalto de la calle hasta llegar aquí, dispuesto a saltar, a pagar mis monedas, a empujarme, a decir perdón más de una vez. Y avanzar en el autobús tembloteante diciendo ¡disculpe!, ¡disculpe! A diestra y siniestra y a volver a apretar el botón del ascensor, la manija de la puerta y decir buenos días... buenos días y más tarde el trás trás trás de las máquinas y el silbido de los archivos y el trás trás tras y el señor Joaquín me hizo las copias señor Joaquín me ayuda a cuadrar el balance señor Joaquín me le da una revisadita a esto señor Joaquín señor Joaquín y otra vez el trás trás trás y las sillas arrastradas y las llamadas telefónicas y los papeles miles de papeles miles cerros millares de papeles y el trás trás tras... Si, ya sé que abuso de su tolerancia. No es frente a usted donde yo debo alzar la voz. Claro... claro... ¿Cómo dice? En un campo. ¡Ah, claro! ¿Y qué me responde si le cuento que también grité a todo pulmón en un campo? Sí, en un campo... En mi pueblo... Hace tiempo... Ellos, unos señores que se las daban de serios y respetables, de gruesos bigotes, habían venido a casa. Ese día se presentaron por última vez. Eran los de la ebanistería. Mi padre les debía una urna, porque en los últimos tiempos el había venido preparando su muerte cuidadosamente. Y se hizo fabricar la urna a su medida. De buena madera, dijo, porque a la muerte hay que esperarla bien vestido. Y él mismo la vio cortar, el ayudó a limarla, a cepillarla, a acomodarla pieza por pieza. Después eligió el barniz y un color de café maduro. Y se la llevó a la casa. La puso en la troja que daba sobre la cabecera de la cama y desde allí la contemplaba silenciosamente. Creo que con gusto, con ceremonia, con el respeto que se le debe al vestido de la muerte. Había pagado un adelanto y quedó debiendo más de la mitad. Dijo que la próxima cosecha sería para completar su muerte. Pero entonces vinieron los aguaceros torrenciales a impedírsela, a poner cada vez más lejos su urna, aunque estuviera allí, siempre, sobre sus ojos a la hora de acostarse. Y él decía: ¡Esos malditos truenos que se llevan mi urna! ¡Esos relámpagos para que yo no muera en paz! Y fue así. Los de la ebanistería se presentaron para llevarse la urna. Justo el día en que mi padre murió maldiciendo los relámpagos. Y llegaron hasta la troja y cargaron con el cajón. Yo los vi pasar por el corredor y comencé a gritar: ¡Hey! ¡No se la lleven! ¿A dónde van con la urna? Esperen a que termine de llover. No ha sido culpa de él. ¡Oigan...! Es culpa de los relámpagos. El me lo dijo antes de morir. ¡No se la lleven! ¡Esperen! Miren... aquí hay un poco de café. Sí, esto les sirve. Les llena más de media urna. Más de la mitad de su muerte. ¡Esperen! ¡No se la lleven! Yo les pagaré el resto. No lo dejen así. Sin su vestido. El no tuvo la culpa... Fueron los aguaceros... ¡Oigan!... ¡Oigan...! El no tuvo la culpa... Fueron los relámpagos... Esos perros no me dejaron hacer la corona. Les molestó la corona. Ahora yo tengo papeles y coronas para llenar la urna. ¿No le parece? Yo buscaré otros relámpagos. ¿Por qué no dice nada, tan indiferente en su muro? Está de parte de ellos. Sí. Hay una cadena: urna-cartel-relámpago-oficina. Una cadena. Dos cadenas. Miles de cadenas. No. Usted no. Usted está lejos. Usted es mi amigo, mi único y gran amigo... Adiós, amigo... Recuérdeme... Aunque creo que usted podría acompañarme. Ahora no me queda más que caminar. Acompáñeme... Se lo suplico... No me deje ir solo. Se lo ruego... de rodillas... Por favor... Por favor... no me deje ir solo... Claro, no le importa. Usted está seguro en su pared. No le importa nada. Usted es un cretino como ellos. Está en la cadena: oficina-relámpago-cartel. Sí. Es un cobarde. Tiene miedo. Pero... no... no sonría... perdóneme... Se lo vuelvo a pedir de rodillas. Usted no es como ellos. Acompáñeme. No me deje ir solo. Mire la calle ancha. Los árboles húmedos. Mire la ciudad toda. Venga. No me deje ir solo. Así... Venga... Deme su brazo izquierdo. Vea la ciudad que se levanta. Mire el resplandor que se asoma a lo lejos. Deme su corbata. Así. La lluvia disolvió la goma. Otro pedazo suyo... Démelo. Así... Vamos... ¡Flores..! ¡Flores..! ¡Jarrones...! ¡Coronas! ¡Coronas...! ¡Coronas de papel!

*** *** ***

Definitivamente no van a venir. Hace un rato yo andaba por allí tratando de adivinar las cosas del apartamento, viendo las rayitas, las marcas de la puerta del baño. Hay alguna suciedad en la pared del cuarto y los

papeles siguen amontonados en los estantes, los periódicos con su color amarillento, con sus hojas de cucaracha, y el polvo, polvo sobre las sillas de mimbre, polvo
sobre el sofá, polvo en las cornisas de la ventana, polvo
en los barrotes, polvo en los retratos de los parientes,
en la peluca del abuelo, o más grave aún, polvo en el
peluquín que usaba porque en verdad resultaba en extremo ridículo decir iba de peluquín empolvado, y el
posó así, con toda su desvergüenza a cuestas.

Sin embargo, tanto para él como para la familia que se fue volviendo trizas, no porque se mataran
sus miembros, sino que dejaron de compartir y hubo
quien se casó y se fue lejos, hubo quien tomó un barco
y no se supo jamás de su vida, hubo quien hizo buenos
negocios y se perdió para siempre, hubo la prima her-
mana que pudo casarse pero el marido se le murió de
tisis, hubo los que nos quedamos repartidos, así nomás,
para visitarnos los domingos y llevarnos un ramo de
flores o unos bombones (¡Ah!... sí... unos bombones en
cajas doradas con una tapa elegante, con damas que
arrastraban sus cabellos sobre el pescante de un coche
y palomas que volaban con sus picos de nácar y las
cintas de colores que caían del cielo)... nos gustaban
esos bombones, yo sé que a mis primas y a mis tías
también, porque iban en esas cajas, las cajas eran más
importantes que el sabor a chocolate y porque eran
cajas que hablaban de un tiempo distante en el cual uno no
cabía, un tiempo deseado pero imposible, dulce y melancólico y caballeroso, fino, resplandeciente, un tiempo distinto al
tiempo nuestro escoltado por sillas de mimbre, postales, cua-
dros de almanaques recortados, lámparas de aluminio y
cuero y latón, espejos con la imagen torcida o poco
clara, con su lamentable mancha por detrás, esa mancha que no dejaba pasar la visión ni que las cosas si-
guieran hasta el infinito, como creíamos los muchachos,

a sabiendas de que solamente era el polvo y los papeles levantados en la orilla de la acera, movidos por un giro del viento, lo que les daba un abandono, un no sé qué, un olor a cosa guardada e inservible, un anticipo del olor del polvo que se almacena aquí, porque no es polvo del infinito como creían los muchachos, sino ese polvo repetido en la iglesia para recordarnos que eres hombre y en polvo te convertirás.

Menos mal que los muchachos creíamos en ese polvo y ese viento distinto que arrastraba los volantines en el cerro. Era nuestro tiempo de luces y colores. El infinito éramos ocho de nosotros acostados sobre el pasto, haciendo fila con los pies y las cabezas, para que ese infinito se multiplicara. Entonces sí es verdad, pensábamos nosotros, que nuestra vida nunca terminará. Los volantines se iban lejos y se perdían, pero viajaban en el viento para ir a encontrar nuestras novias en la escuela. Caían, es verdad, por destreza de nuestros rebotes, en el patio de los juegos y las muchachas levantaban los ojos y seguían cantando su canción.

¿Cantaban para nosotros? Suponíamos que sí. Hoy todavía lo supongo porque todo no puede ser agrio y sordo y sin olor. Las maestras llamaban a eso **la ronda** pero uno no podía entrar de verdad en ella y cuando nos acercábamos a la escuela cerraban las puertas y ventanas. Pero las muchachas se subían a la azotea y bailaban y nos hacían señales y parecían pájaros o matas de maíz o rosales prendidos o pasto en el río con veradas y cañas iluminadas por el sol. Si las maestras no querían, nosotros podíamos ser amigos con las manos así, en movimiento, de un lado a otro, para que supieran que las estábamos viendo y les gritábamos que bajaran pronto porque las podían descubrir, pero ellas seguían con sus carreras y sus risas y uno se llenaba de amor.

Esa vez el polvo andaba más allá de los tejados, tenía un poco de brillos encima y las luces y el cielo caían, por las terrazas y los matorrales, pues uno tenía que estudiar. No era, en verdad, estudiar. Era presentar exámenes y el miedo se despedía con esas dolencias y ese no respirar. El mes de julio se caía poco a poco a través de las hojas y algunos pájaros se juntaban en el único árbol de la esquina, porque en ciertos lugares, como el mío, casi no había árboles ni esquinas y entonces se trataba de inventarlas, inventar árboles y esquinas repito, hacerlos puro corazón, pues si las existencias no son posibles a la manera real, entonces deben convertirse en existencias de muñecos, con su pelo de paja, sus trapos de colores, sus ganas de llorar.

Una vez yo me puse a llorar. Todavía no sé por qué. Comenzaban unos vientos nuevos y los volantines tenían que cambiar de color. Se habían abierto las escuelas y estrenaríamos trajes y habría una fiesta con músicos de verdad. Yo me acuerdo de aquella retreta. Las muchachas andaban por la orilla de la plaza y uno en el centro, tirando cohetes, para hacerse el loco y no caer en los ojos de Luisa, Martina, Amelia y la catirita que había venido de Maracaibo a pasar vacaciones y estaba retrasada. Era el tiempo en que se se recogía el café y su tío no podía perder los negocios aunque ella perdiera las clases. Pero fue bueno de todos modos y nos pusimos a cantar dos almas que en el mundo, eso éramos tú y yo.

Por la noche, como dije, fue la plaza. Las plazas siempre son por las noches, no sé por qué. Se daba vueltas en torno a la mata de pomarrosa y caían unas florecitas que eran como las plumas de la Virgen María. Caían todas las cosas que caen del cielo cuando uno quiere que caigan. Caía una tela azul, una hoja amarilla, una estampita donde estaban tus ojos retratados y un pedazo de cuaderno en el cual habías pintado un pétalo y si uno lo abría encontraba un corazón y si lo seguía abriendo encontraba tu pensamiento y en el centro decía: yo te quiero.

Sonaba por ese tiempo una canción. Decía que dos almas en el mundo se amaban más que a Dios. Eso éramos tú y yo. Sobre todo cuando detrás de la torre, sobre las ramas de los bucares comenzó a salir la luna, tan grande como la rueda del portón, del portón de la casa vieja que nunca pudimos visitar, ya que estaba como en las nubes, pero de todos modos esa noche la luna nos llenó de primores y algunas brujas pasaban con la escoba por su luz estridente, daban vueltas, como decían en los cuentos, y como en los cuentos, con la luna, nos fuimos a volar.

*** *** ***

Las cosas cuando muchachos, las cosas cuando la escuela, las cosas cuando infinito, cuando no se ven las cosas. Vengo de la ventana y las cosas no aparecen. Ni a lo lejos ni aquí. Hay como una ceguera. Estoy aburrido de esperar. Toda espera hace pensar en una gente que va a venir. Es claro. ¿Pero dónde está la gente? ¿Qué se hicieron Elodia y Joaquín? ¿Qué se ha hecho uno mismo después de tanto tiempo? Ni se sabe. Apenas soy este que les está contando historias. ¿Cuáles historias si lo que hago es hablar de mí? Cuestión válida. En mis manos están valientes ejecutorias como se dice en los discursos celebratorios. Yo solo, soy un ejército, un equipo que obtiene la copa, los manifestantes que logran burlar la policía, las bombas que deben estallar, el pueblo diezmado por los terremotos. ¿Qué más? Bueno... el que conoció la rubia en la cafetería, la invitó a un trago, la llevó al apartamento y después, a la salida, tres sujetos lo interceptaron y dijeron entréguenos la cartera, entréguenos el reloj, no diga una palabra, esa rubia no existe, mírela allá lejos, dígale adiós... Esta es la historia de un atraco. ¿Les satisface? Poca emoción, poca estridencia. No fue violenta, ni siquiera me mataron. Fue un atraco en seco, pasteurizado.

Pero hay otro relato: Ella está inadecuadamente furiosa porque la prima, su prima querida, quiere quitarle el amigo que conoció en la fiesta de cumpleaños. La odia, la odia, la odia, hasta la muerte. Ha pensado en envenenarla pero es demasiado porque no tiene evidencias suficientes de una infidelidad. Se hizo necesario fabricar una escena. Los invitó a cenar en casa. Hubo los tragos lógicos del comienzo, la música para bailar, los chistes y la pesca de miradas. Evidentemente la prima se hacía muy solícita frente al sujeto. Reía, contaba historias también. El la miraba con cierto gusto, luego con ansiedad, luego pecadoramente porque unos ojos así no los muestra cualquiera, se dijo ella. Cuando salieron a bailar fue lo último. Ella se hizo la desentendida dijo que bajaba a comprar unos refrescos, esperó un rato en el pasillo, regresó lentamente sin hacer ruido y los sorprendió besándose... Fue el escándalo, la discusión, los insultos, el tirar los floreros, el correr las sillas... el... el... Bueno, todo eso.

Yo podría decirles una tercera, una cuarta y una quinta historia. La terrible vida de los buscadores de diamantes, los rojos matizados del delta, el bajo respirar a que nos mueve esta inclinación de lo dado en la perspectiva interior, aunque el asunto puede ser solamente de piel o la difícil abstracción que produce un gesto ecuánime, porque hay un problema de situarse, de inferir lo no alabado en la pastosa oquedad del ser... Ya ven. Hasta mis huesos, solamente mis huesos, son más emocionantes. Por eso no les cuento nada, salvo esas penumbras y luces que me atañen a mí, aquí solo, en este apartamento que lentamente se irá cayendo a pedazos porque ya no tengo fuerzas para atacar el sucio, para buscar algo en la nevera, incluso para terminar de escribir y continuar mis quejas sobre la edad. Porque de eso se trataba. De eso. Y de algunos pequeños recuerdos que se van poniendo turbios y cruzan al igual que ciertos pájaros del atardecer y no se sabe si quieren chocar con las sombras o levantar la claridad.

Las letras se me están poniendo tambaleantes y a veces el papel se me sale de sitio. Hago garabatos y debo borrar. Pero se me olvida lo que acabo de escribir. Y no puedo poner nada. Ustedes no lo van a notar porque todo estará corregido, o pienso yo que estará corregido. No me importa. Dejo mis borrones como ciertos animales dejan su cáscara. Dejar la cáscara no es lo mismo que dejar el cascarón. Dejar el cascarón es dejar el esqueleto. Aquí está mi esqueleto, pues, entre la mesa y la silla. Será eso lo que encuentren una vez que haya dormido y los ruidos se metan por el arco de la ventana.

Dije haya dormido y eso es una mentira. Con frecuencia escucho los clamores nocturnos. Pasa, quién sabe por dónde, una ambulancia que se desgañita. Se oyen algunos disparos. Puede que sean cohetes. ¿Pero quién lanzará cohetes a esta hora? Solamente los atacados por la fiebre de la fiesta local. Se ponían a guindar papeles y cuerdas de un poste a otro poste, preparar los

muñecos de trapo para los juegos, ubicar los morteros
en las cuatro esquinas de la plaza para producir explosiones, mientras comenzaban a practicar con fuegos artificiales menores hasta el momento en que se confun-
dían con las campanas que en el programa "anuncia-
ban la aurora del nuevo día con alegres repiques". Acá
todo estruendo es un disparo. Todo disparo es una
persecución. Se piensa en los cerros y las quebradas
por donde la policía corre detrás de los llamados
asaltantes y las detonaciones se intercambian. Eso, en
cierto modo, no molesta. Sirve para prestar atención.
Molestoso es el silencio. Cuando se hace silencio todas
las estructuras de concreto y de metal se vienen cami-
nando por la avenida. Multiplican sus ventanas como si
multiplicaran los ojos. Hacen a veces una danza macabra.
Los edificios se mueven sin música. Es un balanceo
tedioso, obstinante que se cuelga de la frente. No hay
peor insomnio que ser perseguido por edificios. Sobre todo
los de esta ciudad, tan pesados y sin gracia, cuadrados, todos
llamados San Onofre o Roraima, todos con los bajantes de
basura obstruidos, todos con las antenas de televisión tum-
badas por los vientos, todos con los bombillos encendidos para rompernos los ojos, para entrar en la última man-
sión de la pupila donde saltan caminos y rieles.

Se decide abandonar la cama, ya que el sueño
no avanza. Se camina hasta la cocina a buscar algo que
no se sabe bien que es. Se toma agua. Se vuelven los
pasos. Se mira la cama. Se ensaya una nueva salida, esta
vez hacia el baño. Se trata de orinar otra vez y apenas
salen unas gotas. Se toma agua otra vez. Se regresa a la
cama. Se dobla de otro modo la sábana. Se le dan golpes
a la almohada. Una toalla sirve de calza. Ahora sí. Y vuelve uno a recostarse. Pero vienen todas las frustraciones
y dolores a depositarse en los ojos. Se hace el balance
de lo que no se ha hecho y de lo que falta por hacer. Se

sacan las cuentas y el resultado es negro. Todas las culpas del mundo caen, lentas, abominables, reclamadoras. Hay manos que muestran facturas. Pasan facturas. Uno trata de respirar, resulta difícil. Siempre hay un agujero de la nariz que está obstruido, como las cañerías. Entra al fin algo de aire. Pero ello lo que hace es cambiar el decorado, como en una función de teatro. Ahora el turno es para los amigos y familiares lejanos. ¿Qué les estará pasando? ¿Dormirán bien? Seguramente están amenazados, no han pagado sus cuentas, les secuestran el apartamento, los despedirán del trabajo, no cobran desde hace varios meses, no... y así veinte mil no, ningún sí, nada bueno ni generoso ni creador. Es todo lo horrible, todo lo siniestro, como depósito del alma. Elodia debe tener hambre. Seguramente le tiran piedras a su rancho. Elodia debería mudarse definitivamente. ¿Pero dónde? Aquí no puede vivir, eso no. Es imposible. Aunque sirva de compañía, su presencia abundante estorba. Joaquín fue despedido. No hay duda. La última vez dijo que tenía problemas en la oficina. Ven... nadie canta victoria en este insomnio maldito.

*** *** ***

No pude dormir. O no sé si dormí algo. Dicen que a los viejos le bastan pocas horas. No sé. También dicen que nos hace falta un poco de duda. ¿Y quién ha tenido jamás certeza? Puede pensarse al revés: nos hace falta un poco de certeza, un poco de... Ya ven, se me resbalan las palabras, se me mueren, se me ponen locas. Yo he creído que es el temblor de los dedos. Pero se que es el temblor del cerebro. Yo no me engaño. Ayer me tembló 7 grados en la escala de Richter. Volverá a temblar. Mi falla está próxima al corazón y cruza hacia las cuerdas vocales. No lo he medido, pero debe haber un trembloteo cuando hablo. Menos mal que escribo, aunque me salga torcido. Como las torceduras del cuello o de las piernas y hay que ponerse el aceite que trajo Elodia. Para el cerebro... también servirá... quien sabe. En todo caso es mejor que una silla de extensión salpicada por los meaos, en un corredor triste y húmedo, donde los viejos aparecen alineados, en correcta formación de idiotas, esperando que los saquen al sol o esperando la sopa que la monjita les dará en la boca, la sopa para babearse, y luego la tos de gato, la fiebre crepuscular, las pastillas, el jarabe amargo, las compresas en la cabeza y el comienzo de animales feos que se ven de pronto en el jardín descuidado, animales que miran por entre los baraños y el hilillo de baba cae cuando salen los árboles espinosos, las culebras reptando a lo contrario, el sapo alargado en el pantano, las compresas y otra vez las pastillas y la infusión. Se espera un rato y viene el intento de caminata ayudado por los enfermeros pero es imposible porque llegan los vómitos, la espesura, el zumo de vejez que junta el cielo con el suelo. No. Jamás dejaré que Elodia o Joaquín me lleven a un sitio de esos. Prefiero lo que disimuladamente, sin decírmelo mucho, he pensado algunas veces. Y no voy a caer en las discusiones imbéciles de toda la vida: si se es cobarde o se es valiente para llegar a quitársela. No quiero caer en apresuramientos. Pero uno piensa. O recuerda. En la Roma antigua, una mujer llamada Arria, para estimular el suicidio de su marido, que estaba muy viejo, se mató delante de él. Otra ató a su cuerpo al compañero anciano y se lanzó

a un lago. No sé donde coño he leído eso pero yo no
voy a caer en la trampa. Por eso me dediqué a escribir
en este cuaderno. Todavía hay tiempo. Cuentan que Mi-
guel Angel comenzó a pintar el Juicio Final a los sesenta
y cinco años. Acostado en un andamio se puso a buscar
el dedo de Dios. Y se cayó. Las lastimaduras no fueron
fuertes, ya que eran lastimaduras causadas por el Padre
Eterno. Volvió a subir y llenó toda esa altura de ángeles
y glorias. Entonces, ¿por qué no puedo esperar yo? Además, por momentos se me aclaran las ideas. Puedo gritar
consignas: ¡Hospicio no...! ¡Hospicio no...! ¡Papeles sí...!
¡Suicidio no...! ¡Escritos sí...! Viejo que escribe solo per-
manece solo hasta que venga la muerte. ¡Veneno no...!
¡Papeles sí...!

*** *** ***

*Todo se ha puesto tranquilo. Entra un rayo de
luz por la ventana. Se oye una corneta a lo lejos. Suena
una musiquita. Todo se ha puesto tranquilo. Sucede
como en la mayoría de los relatos. ¿No es verdad? Hay
un ambiente cálido y por las ranuras se cuela un viento
suave. Todo hace pensar en la paz. No me duelen los
ojos, ni sube ninguna fiebre, ni tengo, como siempre
dicen, un acceso de tos. No me meo, ni me quejo. Todo
está perfectamente tranquilo.*

*** *** ***

A lo lejos viene Elodia cargada de hortalizas. Trae una cesta de frutas. Un pan largo. Una bolsa llena de refrescos y cervezas. Conservas y galletas. Debería llegar pronto. Pero no llega, con sus pasos de paloma torcaz. No da pasos. No se mueve. A lo mejor se la llevó el viento. Ella me dijo una vez que había nacido en un campo donde los ventarrones eran frecuentes. Empezaban a agitar las hierbas y las matas chiquitas. Luego los tallos y los pastos grandes. Después venía el vendaval con los trozos de árboles y las planchas de zinc. Ella no se pudo sostener del balaustre de la ventana y fue a parar a un hoyo, muy lejos, con todo el pelo revuelto y algunos golpes. Se hizo de noche y fue cuando le salió el Diablo:

— Te haré la nariz grande y colorada —dijo él.

— Ya la tengo —respondió ella, sin miedo.

— Te volveré los ojos como dos limones —volvió el Diablo.

— Te echaré el zumo encima —replicó Elodia.

— Haré que tu saliva se vuelva agria —respondió el Diablo.

— Así quemaré tus llamas —contestó Elodia.

— Te llevaré conmigo a la paila roja —insistió el Diablo.

— No podrás porque traigo la señal —terminó Elodia.

Eso contó ella. Mentiras, seguramente. Elodia es muy menudita para meterse con el Diablo. Cuando está aquí en el apartamento ni se le siente. Camina como un duende o un espanto. Arregla todo muy rápido. Nunca se queja. Debe tener algo, en verdad. Algo le echaron. Algo le hizo el Diablo. Pero le dejó el alma buena. Es lo que explica por qué se ha portado tan bien. Ha sido mi asistente, mi ayuda, mi consuelo, mi bendición. Por eso si no viene me quedaré sin comer. El sucio subirá hasta los techos. Y no habrá agua florida para cuando me duelan los pies. Elodia tiene sus mañas y sus caprichos. A lo mejor anda en uno de sus misterios y por eso no ha venido. Y por eso no vendrá.

El otro día dijo que se quedaba con sus gatos en el cerro. Yo le había dicho que aquí no los podía traer. Una vez vino con ellos y llenaron las esquinas de meaos. La seguían en fila, le hacían caso como si fueran perros. Ella les daba órdenes y las acataban. Nunca se había visto nada semejante. Le dije que se fuera y cuando la vi desde la ventana cruzar la calle, los animalitos la seguían en fila, se detenían a sus órdenes, dejaban pasar los automóviles, se subían a la acera con elegancia. Ella iba delante y de vez en cuando volteaba para ver su cortejo. Las gentes miraban con sorpresa. Y a ella no le importaba. Se perdía en la esquina, detrás del cajón de los teléfonos y los animales comenzaban a maullar. Se oían como almas perdidas en medio de los bocinazos y el estruendo. A lo mejor eran almas perdidas. A lo mejor Elodia sí se encontró con el Diablo después del vendaval.

Pero en el cerro donde vive, le echaron un ensalmo. Le pusieron un frasco con agua bendita y una estampita de la Virgen, unas cuentas de vidrio y un rosario. Eso lo contó ella. De nada valió. A los gatos se les comenzó a poner el pelo espinoso y sus ojos echaban chispas. No le hicieron más caso y se pusieron a correr y maullar en torno al rancho. A veces daban alaridos. Ella les gritaba pero no hacían caso como antes. Ella buscó una cabuya, la dobló y formó un rejo y comenzó a perseguirlos. Los gatos bajaron por la zanja de aguas sucias y ella detrás gritándoles cuantas cosas hay y ellos dando alaridos hasta llegar al matorral y se fueron de cabeza en el pozo de aguas podridas, porque adentro tenían las almas que había podrido el Diablo.

Endiablada y todo, Elodia me hace falta. Además, en ese cerro donde vive, según ella contaba, todas las gentes son malignas. ¿Cómo pueden estar de parte de los ángeles, dijo, personas que lo miran a uno de reojo, ponen los radios robados a todo volumen y hablan inmundicias?

Lenta y todo, Elodia me hace falta. A mi me gusta que camine como duende si ello sirve para que me traiga las otras pantuflas, me frote los pies con aceite y me cuente lo que pasa allá afuera. ¿Por qué iba a estar de la parte del Diablo si ella lo venció con la cruz, lo venció con sus palabras?

Lenta y todo, Elodia me hace falta por lo fea que es. Allí sí se inclina uno por creer lo del Diablo. Pienso que le puso la cara como él quería. No le valió santiguarse, ni poner palma bendita en las cartones del techo. Según ella, se puso fea de pronto. Como si le hubieran echado una maldición. Pero los vecinos dicen que lo que le echaron a Elodia fue una bendición, porque así se conserva alejada del mundo.

Lenta y todo, Elodia me hace falta, porque ella lava, plancha, abre las puertas, sacude el polvo, prende la música y se pone a bailar. Va de un lado a otro del apartamento, con ritmo y risotadas, acompañando ella también los instrumentos, hasta que cae en el suelo y se vuelve toda quejidos y lamentos.

Elodia se mueve entre bailar y llorar. Creo que se me ha pasado la mano en algunos juicios, pero es que ya he dicho mil veces que tengo turbia la memoria. Es posible que Elodia sea algo más que su cara de bicho y sus gatos suicidas. Por algo todavía me puedo mover en este sitio sin tropezar con muebles y cajones, sin que el agua se derrame a cada rato, sin que la interminable gota de la poceta acabe por enloquecerme completo. Elodia arregla con alambres y trapos todos los males. Yo creo que a mí me tiene sostenido con alambres y con bebedizos. La otra tarde trajo aquella mezcla de tintura, yerbas y agua y me la hizo tomar. Yo me quejé al principio, pero ella me abrió la boca.

— Tómeselo, no ponga mala cara.

— Es muy amargo.

— Usted no sabe.

— Si sé.

— ¿Qué sabe?

— Lo que hay allí.

— No lo ha probado.

— Pero yo sé.

— Parece un muchacho.

Lo soy, Elodia, lo soy. Tú tienes razón. Ojalá tuviera una bicicleta para ponerme a dar vueltas. Pero la que da vueltas es mi cabeza. Y en este enredo tú sales perdiendo. Yo sé que te atribuyo cosas de las que no estoy seguro. Hace días que no te veo y se me han olvidado algunos detalles. A lo mejor no eres tan fea. A lo mejor no caminas como un duende. A lo mejor jamás te has metido en tratos con el Diablo. Ni te has metido en tratos con Dios. Tú estás sola, Elodia. Tú eres tan sola como yo.

Ahora estarás en tu rancho mirando el paso de las aguas sucias. Espantando los perros huesudos. Dándole vueltas a las argollas y al candado herrumbroso para que la puerta de palos cierre bien. Le atraviesas un pedazo de hierro, cándidamente, porque crees que eso le dará seguridad. Y la seguridad está en otra parte. En que nadie tratará de romper esa puerta porque sabe que adentro sólo encontrará ropa vieja y un colchón marcado por la humedad.

Bajas por el barranco, por el camino de piedra, hasta llegar a la parte llana. Hay un campo donde tiran los envases rotos, las lonas inmundas, los restos de automóvil, las llantas reventadas. Están esos pedazos de suela, las matas de tártago, el cují retorcido, alguno que otro lagarto huyendo entre las pajas y las botellas vacías, ese cementerio de vidrios y resplandores, algunas letras sobrantes en un aviso despedazado por los aguaceros y el sol.

Creo que todo ese paisaje es un poco tu vida, Elodia. No se sabe por qué lado comienza tu emoción o tu tristeza. Igual que ese terreno sin principio ni fin. Una valla retorcida que alguna vez sirvió de cercado y por el fondo unos matorrales intrincados donde deben haber arañas y alacranes. Pero también hay unas florecitas amarillas. Sirven para hacer un pobre ramo como el que trajiste una vez. Yo lo puse en una botella vacía porque no había florero, lo monté encima de la mesa de noche y a tí te gustó que me gustara. Prendí una música en el radiecito y saqué unas cervezas para brindar. Te tomaste un trago y te pusiste roja, color de bandera o camisón de fiesta. Se te subió la sangre entre avergonzada y alegre. Te brillaron los ojos y por un momento no fueron tan desilusionados y cegatos.

El ramo era lo único que podías traerme de tus alrededores tristísimos, igualmente tristes que este lugar donde estoy, porque las señas de la tristeza no son solamente los desechos y los escombros acumulados, sino también estos retazos del entusiasmo, esta media vida de los recuerdos, este querer meterse mentiras para reanimarse, estar despierto otra vez y saber que se comienza de nuevo sin ninguna seguridad, montando palpita-

ciones por montarlas, para que no se escapen muy vio-
lentamente de las arterias y entonces salgan como un
chorro de sangre que bajará por las escaleras del edificio
y vedrán los gritos de la conserje y las investigaciones y
el aullido de la policía y el no saber dónde demonios
uno va a parar en esa ambulancia escandalosa que se
pierde entre las avenidas y las plazas y los semáforos de
la ciudad.

Vale creer entonces que por allí vienes, Elodia,
más adelante, por las calles sucias, hasta que sales del
barrio. Ya te veo a lo lejos, cargada de hortalizas y de
frutas, con tu pelo enredado, tarareando una canción.
Yo sé que vendrás, Elodia. Y debo creerlo. Aquí estoy
esperándote, Elodia.

*** *** ***

Ahora es necesaria la descripción del barco en
pleno mar, pues hace tiempo que olvidé al capitán y la
fiesta de disfraces. Es menester hablar del color del mar.
Siempre, o casi siempre, se dice que es añil, o azul ver-
doso, o plateado, o lleno de espumas, o con restos de
algas y zargazos. Se dice que es insondable y que bajo
sus aguas yacen los cadáveres de antiguas y opulentas
embarcaciones, con tesoros fabulosos, por supuesto, y
una fauna descrita en los manuales de National
Geographic Magazine o la revista Selecciones donde
siempre le decían al lector: «Aumente sus conocimientos». Mis conocimientos del mar eran, son, muy preca-

rios. Apenas lo que se pudo ver en las películas o leer en los suplementos y en los libros de aventuras. Porque todo mar supone una aventura. Por eso cuando alguien habla de él, cuando alguien va a hablar de él, debe prepararse a inventar cualquier cosa, así su recorrido sea parecido a lo que los hombres curtidos por el salitre llaman calma chicha. Yo no se si las invenciones se me salen sin querer. Lo cierto es que yo iba en ese crucero y ocurrieron los episodios que ya dije porque en esas condiciones un puerto es inevitable. El muñeco de porcelana tenía cara de marinero. Tenía traje de marinero. Tenía cuello azul de marinero. Por eso en un momento dado no se si estuvo en el baúl de la tía Ermelinda, o en la vitrina de la tienda, o en la repisa de mi cuarto o en la orilla del mar.

Hay ahora la necesidad de nombrar algunas cosas propias del momento: nubes, pájaros extraviados, brillos lejanos, reverberaciones del sol y bandadas o mejor filas o mejor hileras de delfines provocando sus acrobacias, zambullidas y levantadas, su fila trunca pero no sin cierta ternura, algo muy infantil, la inocencia del salto y mejor como escolta que el llamado convoy usado por los galeones españoles para protegerse en estas aguas infectadas en otro tiempo por holandeses tuertos, franceses mancos e ingleses con pata de palo y sombrero en forma de quilla.

La quilla de nuestro barco enfilaba hacia el llamado mar adentro, donde las olas comenzaban a contagiarse y los delfines terminaban su función y un último pájaro se despedía de nosotros en vuelo cortado hacia la orilla que había abandonado. Saber que no estábamos costeando provocaba una nueva emoción. Estar exclusivamente a merced de las aguas y del cielo, como lo estuvieron las viejas carabelas cargadas de barriles de aceite, barriles de vino, harina, ristras de ajo y cebolla, burros y gallinas, espadas y arcabuces, buscadores de oro, truhanes de Sevilla o Cádiz, delincuentes de medio viejo mundo, hombres valientes y algun fraile oculto entre sus rosarios y latines.

*** *** ***

Diez o doce pasajeros se asomaban a la borda. Lucían maltrechos y temblorosos por el ajetreo de la noche. La fiesta tropical había durado varias horas y al final las escalerillas lucían vomitadas y cubiertas de papelillos y antifaces. A lo lejos, no se veía nada. Por eso era a lo lejos. En la distancia el mar y el cielo, dijo el bolerista, se ven igual de azules. Y en la distancia parece que se unen. Se trata de una misma cosa. Probablemente el infinito que queríamos multiplicar los ocho muchachos acostados en el pasto, el mismo que nombraban en las clases de aritmética y resonaba entre las lámparas de aceite parpadeante y las velas escurridas del altar mayor. El infinito del viento que jamás se sabe dónde va a parar, el viento que cuando comienza a levantarse viene con unas nubes gruesas, esas que cambian el paisaje y entonces surge la tempestad tan esperada por algunos ansiosos y tan temida por las señoras respetables que han hecho el crucero con la familia de al lado y cargan con hijos y servicios y le temen al peligro, aunque sean sólo relámpagos sin olas y un trueno que parte en dos el sueño retrasado de los borrachos de la fiesta con máscaras y bambalinas y mucho alcohol con música, para que nadie viera que dos botes despegaban mientras el capitán saludaba a la concurrencia y decía que todo el mundo tenía que divertirse en la diversión porque para eso habían viajado en este viaje que apenas comenzaba pues el mar Caribe duraba más de lo que podía durar y no cabía en todo el océano de felicidad que esta noche significa.

Los botes (yo los pude ver porque había regresado al camarote después de aburrirme de ver a las parejas bailando desabridamente o dando saltos idiotas sin agarrar el compás, los pude ver por la ventanilla redonda sin entender nada ni el por qué) se alejaban cuando el cielo había regresado a su claridad y entre los nuevos reflejos podía verse la pequeña isla de arena blanca donde dos marineros descargaron unos cajones largos, que apenas cabían en las embarcaciones salvavidas y estaban pintados de blanco (dije cajones porque no se cómo llamar aquel cargamento parecido a urnas envueltas en sábanas o quizás es lo que pude ver desde aquel trecho porque nuestro buque se movía y ellos también se movían y cuando hicieron el regreso subieron como si nada, hasta más arriba de la cubierta y no pude saber que eran en verdad aquellos bultos) confundidos con la arena del islote y las vibraciones del sol que se asomaba después del intento de tempestad, del pedazo de tempestad ofrecido a los vacacionistas, porque eso bastaba para que después dijeran que habían estado en el ojo del huracán.

*** *** ***

Una navegación es mortalmente aburrida. Sobre todo una navegación planificada. Los participantes compran trajes especiales, dicen que será muy saludable, que vale la pena conocer otras regiones y siempre el mar es el mar. Claro. Pero cuando pasan los días y leer no satisface, ni jugar en la cubierta un juego extraño que consiste en empujar unos casquillos con una pala pequeña, mover luego los botones de las desesperantes maquinitas y tomar el sol en sillas durísimas de madera olorosa a pintura, en sillas de extensión que descarrilan y luego la bandada que cruza cien veces alrededor de la piscina dando gritos, salpicando, jodiéndolo a uno y fue entonces cuando se produjo el encono de una bandada de madres que me insultaban porque yo dije en tono conminatorio: «¡Niños... a jugar fuera del barco!» Me costó amistarme, después, y por todas partes sentía las miradas reprobatorias de aquel chiste malo y cuando me vi solo en la baranda me arrepentí hasta lo último porque lo único que tenía por hacer era mirar las franjas verdosas, azuladas, negras del agua inmensa, donde no ocurría nada y sólo un pez volador atravesaba como un disparo y se ocultaba después de haber roto la monotonía y uno estaba a la espera de que al menos pasara otra embarcación, pero se ofrecía el mismo panorama, la misma distancia y el mismo sol y la misma desesperación interna, porque sólo a un idiota como yo se le ocurre viajar sin compañía pues era mejor confiarlo todo a un azar y una aventura. ¡Qué coño de aventura! Esperar la campana que marcaba las horas de ir al comedor era la única solución y luego la noche en la barra del bar, con el mismo gin-tonic y el mismo desgano para ver las parejas que se besaban junto a la máquina tragamonedas y el danzón. Salir a la cubierta pudo ser otra posibilidad, pues seguro que arriba estaría la Osa Mayor o al menos Orión. Las constelaciones se ven extraordinarias, me dijo alguien antes de obtener el pasaje. Y cualquiera lo piensa. No hay interferencias de la luz. Y se podrá saber por fin cómo es la estrella Sirio de que tanto hablaban los libros de viajes. Pero esa noche el cielo estaba oscuro, cubierto por el otro resto de tempestad.

*** *** ***

No quedaba otra cosa que el sueño. Y allí todo resultaba más fácil. Porque fácil era soñar, o decir después que se soñó, o utilizar las muchas posibilidades que da un sueño para llenar el cuento de embarcaciones con banderas negras y tibias y calaveras y un ruido de cañones de hace dos siglos y medio persiguiendo los bajeles del rey, la muchacha hermosa toda espectacular asida a una jarcia, a la espera de que Gramont el Roñoso le introduzca su garfio entre las piernas, en la más herrumbrosa violación que jamás han descrito las crónicas sobre bucaneros y piratas. Uno es el elegido para salvar la doncella antes de que ocurra la tragedia y se descuelga desde la mesana armado con el estoque y ya está a punto de enviar a las olas o al silencio a Gramont el Roñoso, pero hay algo que inevitablemente nos despierta.

*** *** ***

El amanecer en el mar es el amanecer que todos ustedes conocen. El sol sale como un cuchillo a posarse en las láminas de acero vecinas a la popa. El sol, antes, se había metido por el ojo de buey, mugiendo mucho sobre mi cabeza y quizás eso produjo el despertar. ¡Despertar! Bello acto de todos los libros de primaria y más si se trata del viento salado y oloroso a escamas y algas lo que define la acción. Un bostezo, un poco de agua no potable para lavarse los dientes, estirar los brazos de esta manera para simular un pase de gimnasia y ya está: en la borda, cerca de los cordeles, agarrado a la baranda y las aguas que ahora son lisas, como un espejo o varios espejos (es verdad lo que tanto nos dijeron), varios y diversos espejos, dispares, contrapuestos, reflejando alguna parte del cielo para que el mar y el cielo se vuelvan a unir, no en la distancia, sino aquí mismo y se vean igual de azules. Encandila el exceso de brillos, pero se sigue mirando hacia más allá de la proa como si fuera posible descubrir dónde estamos y a qué sitio del crucero se arribará, porque hubo retrasos, según creen los otros, ocasionados por la tormenta y para mí por los manejos de la marinería que bajó en los botes salvavidas hacia la isla desierta mientras el capitán largaba otro discurso sobre el perdón que tenían que perdonarle puesto que no era la intención de los tripulantes de la tripulación provocar un cambio de ruta sino simplemente hacerles más llevadera dicha ruta que continuaría como debería continuar en un continuo placer con las olas que vienen y van para trasladarnos donde efectivamente nos deben trasladar.

En medio de la lengua de espejos del capitán pudimos entender que próximamente tocaríamos puerto, veríamos una nueva ciudad, con un poco de retraso, es cierto, pero todo se debió a ese amago de tempestad que nos hizo virar para así ofrecerles toda la seguridad que en este tipo de prospectos estamos acostumbrados a servirles a nuestros queridísimos visitantes de a bordo y esperanzados vacacionistas que anhelan con mucho anhelo la divertida diversión. Pronto estarán muy satisfechos de poder adquirir las frutas más relucientes de luz y variada variación en sus formas y tamaños de todos los tamaños, así como obtener objetivamente, con toda tranquilidad, los más variados objetos que la tranquila estadía en tierra nos proporcionará, así como el paisaje típico que ofrece la tipicidad de las construcciones y la variadísima variedad de las calles entrecruzadas unas con otras en forma de cruz.

*** *** ***

Una variada escala de colores coloreados (perdón, sigo hablando como el capitán) pero en verdad, lo anoto aquí con toda reflexión, no porque piense sino porque se reflejan: fueron muchos los rojos, amarillos, rosados, malvas, verdes, anaranjados y magentas que salieron a recibirnos. El buque dio sus pitazos de llegada y se produjo en el puerto el alboroto de siempre. Nos acercamos al muelle con mucha facilidad y los inevitables gritos de los que tiraban los cabos y los muchachos que pedían las monedas. Antes de bajar, vino el funcionario de la Sanidad, miró hacia todos lados, nos observó un rato, anotó algo en una libreta y después regresó a tierra acompañado por el segundo de a bordo. La gente fue acomodándose con cautela en el puentecito improvisado y al rato estaban, al menos yo, en plena calle reventando bajo el sol, sin saber a qué lugar dirigirse en busca de un bar o cafetería donde tomar un trago y leer las indicaciones del folleto entregado por la compañía. Yo tenía una cerveza holandesa a medio tomar cuando entró una pareja que había visto varias veces en la cubierta. Ellos se vieron, hicieron un medio saludo y yo los invité a sentarse. Ellos sonrieron (era lo menos que podían hacer) y corrieron las sillas. Pregunté qué deseaban tomar. Llamé al camarero con una seña. Vino un moreno que tenía un pañuelo en el brazo. Ellos dijeron al mismo tiempo:

—Lo mismo que toma el señor.

—Es muy buena esta cerveza —dije yo por decir.

—Todo ha sido magnífico —exclamó ella, simulando animación.

— Sí, magnífico —agregó él, simulando acatamiento.

— No tanto —agregué yo, pero no me oyeron.

— Todo ha sido muy confortable —agregó ella.

— Sí, muy confortable, confirmó él.

— ¿Les parece? —pregunté yo, sin ocultar mi desconfianza.

— Sí, nos parece —respondió ella contundente.

— Nos parece... nos parece —repitió él.

— Entonces —señalé yo resignado— vamos a conocer la ciudad.

— Vamos —concluyó ella.

— Vamos —concluyó él.

*** *** ***

Las calles, en efecto, tortuosas. Casas medio-
cres, pintarrajeadas, con ventanas rotas, puertas
descascaradas. Primero el edificio de Aduana. Luego la
oficina de un banco. Más allá varios puestos de telas
apilonadas, cestas, envases de latón. A la izquierda, de
acuerdo al mapa del prospecto, se penetraba en la vía
central. Ascendía un poco el paisaje. Las casas, mejor
dispuestas, ofrecían un detalle impresionante. Se los hice
notar. Pareció no importarles. Las casas tenían los techos
en caída, con el caballete estrecho, techos para recibir
nieve. Una locura. O un acostumbramiento o un acto
reflejo de los colonos que las construyeron cuando estaban recién llegados. Techos para nieve a cuarenta y más
grados de temperatura. Ella entró en las tiendas, él la
siguió con rapidez y yo hice lo mismo. Ella se llenó de
quesos redondos, envueltos en papel rosado, muñecos
de madera, lazos y lociones. El dijo que aquella corbata
(horrorosa, llena de rayas y de círculos marrones) le quedaba bien. Cuando terminaron las compras ya había llegado la noche. Yo insinué que fuéramos a comer a un
lugar que señalaba la guía. Quedaba lejos. Pasó un taxi
pintarrajeado. «Llévenos a este restaurant», dije. Al rato
estábamos realmente en un sitio singular. Una vieja
fortificación había sido transformada. Desde las propias
piedras manaban los vidrios de grandes ventanales. Todo
el salón era de un lujo contrastante con lo que habíamos

dejado abajo. El restaurant se situaba en la parte más alta del fuerte, se ascendía a él por una especie de rampas con sabor a tiempo de combates. Algunos cañones y restos de balas abrían la decoración, con sables, botijuelas y pistolas. Las mesas estaban dispuestas de tal manera que ningún comensal dejaba de observar el juego marítimo que ocurría en el fondo. Los barcos entraban por una especie de canal y podían verse, como si estuviéramos instalados en el cielo, los movimientos de las tripulaciones y las luces de los camarotes. Ellos por primera vez mostraron cierto asombro. Los platos ofrecidos, por supuesto, tenían que ver todos con pescados, moluscos, crustáceos y salsas exigentes de curry, ajíes, pimienta y nuez moscada. Yo conté algo que pareció gracioso, reímos un poco y entre un aperitivo y otro ablandamos nuestra conversación. Salieron a relucir detalles tontos del viaje, del cambio de ruta inesperado, de las repeticiones del capitán (en ningún momento notadas por ellos), de los cambios de coloración de las aguas y las nubes que componían crepúsculos muy breves. Allí el calor era insoportable. Pero aquí se estaba muy bien, dijo ella. Es como una torre, verdad. Nunca pensé que los barcos pasarían bajo mis pies. Sin embargo, allí abajo pasaban. Pasaban trasatlánticos y faluchos. Pasó un yate todo encendido, pintado de blanco, un yate medio maricón con miles de banderitas violetas. Debió pasar algo más que no vimos porque ya estábamos enfrascados en los platos y el vino que yo sugerí. Levanté la copa y les dije: ¡Salud! Ellos contestaron a duo: ¡Salud!

Al fondo, en la mesa de una esquina, junto a dos hombres que nunca había visto en el trayecto, estaban el capitán y un tripulante. Había también una mujer de cabellos largos y traje muy ceñido. Tampoco la había visto antes. Conversaban con animación y de vez en cuando e marino volteaba la cabeza y hacía una mirada en círculo sobre todo el restaurant. Quise precisar de cuál de los dos capitanes se trataba. Porque sigo estando seguro que el primero había abandonado el crucero, el segundo se encargó del mando en el primer puerto, y después, cuando la fiesta tropical, apareció el que yo llamó primero. Parecieron no advertir nuestra presencia. Yo vi cuando uno de los desconocidos entregó algo así como un plano y un portafolio. Mis acompañantes habían terminado el café y ella dijo que deberíamos regresar.

Tomamos de nuevo las rampas de piedra, yo lancé una última ojeada de despedida y sólo pude ver los altos ventanales incrustados y abajo otras embarcaciones que entraban y salían con su cargamento y sus faroles parpadeantes. En un cruce de calles, por puro azar, un jeep se detuvo cerca de nosotros. Eran los marineros de los botes que habían ido a la isla de arena blanca. Esta vez llevaban unos bultos redondos, como grandes balones, pintados de blanco. El vehículo se perdió, rugiendo, por una callejuela llena de charcos y trastos abandonados. Nosotros continuamos la caminata y en el muelle vimos a nuestro barco con las luces expandidas y los pasajeros tratando de acomodar sus compras lo mejor posible y el ruido de las máquinas junto a la llamada sonora.

Otra vez el avance contra las olas y las estrellas fulgurando arriba, o reflejadas, pensé yo, en los salientes y las aristas metálicas mientras el olor de los peñeros todavía nos inundaba con sus cargas de pescado fresco y sus frutas abusivas. Un aire especial indicó que de todos modos avanzábamos mar afuera y alguien dijo que entraríamos al Golfo. Lo dijo así, solamente, para que supiéramos que no se trataba de cualquier golfo. Recordé entonces lo que leí en alguna parte: allí se producía una corriente especial, única en los mares del mundo, probablemente venida desde la costa africana y haciendo su garabato en la gran ensenada para después avanzar Atlántico arriba y permitir que los cerezos florecieran en Londres.

Me aburrí de mirar la mar oscura, me cansó el cielo intacto, terminé de pensar en el cargamento de aquellos bultos blancos alargados y redondos, en el islote o los de la ciudad con techos para nieve. ¿Qué hacía el capitán primero o el capitán segundo en el restaurant? ¿Quién era la mujer de cabellos largos y traje ceñido? ¿Qué contenía el portafolio? ¿Era la mujer acaso la misma que entró desnuda en el largavista del capitán y fue ocultada por la persiana cuando la boca del hombre bajaba por sus muslos? ¿Era el hombre el capitán que yo llamo segundo? ¿Dónde está el marino que me ofreció comunicarse por señas? Me dormí sin respuesta y sin nada.

Pasaron algunas cosas, nada importante, durante la navegación. Debimos parar en dos o tres puertos más. Pero ya no recuerdo ni me importa anotar aquí si hubo mar de bonanza o mar gruesa, si se formaron muchas olas de gran seno que no llegaron a reventar. Sólo consigno esa ciudad admirable que se hizo anunciar por su música. Todavía no habíamos entrado en la rada y ya se escuchaban las marimbas. El muelle y sus alrededores con la confusión y el vocerío acostumbrados. Trasatlánticos y otras naves menores, con banderas de todas partes, trataban de hacer su anclaje y los de la caleta y de la estiba se turnaban en la carga y la descarga. El segundo de abordo indicó en voz alta que nuestra estadía terminaba la noche siguiente y que ahora, después de la visita del empleado sanitario, podríamos bajar. Había cierta ansiedad. Al menos la tenía yo. Se trataba de un lugar compacto de historias, invasiones, leyendas, películas y sones. Y fueron los sones los que nos saludaron triunfalmente en esa calle donde discutían las arpas y los requintos, con intérpretes de sombrero de palma y pañoletas de colores, buscando un cascabel que se les perdió en la arena. Lo seguían buscando con una cinta morada porque rezumba y va rezumbando, para que la prenda amada juegue con él. Uno mismo podría jugar. Uno mismo podría subir al cielo por escaleras grandes y chiquitas, porque si no soy marinero por ti seré, por ti seré... Por coincidencia, habíamos llegado también, como en otras ocasiones del viaje, al atardecer. En cierto modo, todos los puertos están hechos para esperar la tarde. Y cuando llega, es muy corto. El salto hacia la noche se produce en tiempo breve y no deja lugar a la nostalgia o a la media tristeza. Tomar la pasarela improvisada fue penetrar algunos tonos grises avivados con las luces de las casas y los reflectores del malecón. Ya en la avenida costanera me di cuenta que el bolerista mentía. La noche era tibia, sí, pero no callada. Las marimbas multiplicaban sus maderas agudas, casi metálicas, a lo largo y a lo ancho, subían a las cornisas y probablemente, en serio, deseaban subir hasta los astros.

Por la mañana, en una tienda de artesanías, estaba el capitán acompañado por los dos hombres extraños y la mujer de cabellos largos. No sabía que habían entrado al barco. Nunca los vi. En la calle transversal que subía, el segundo de abordo y los marineros de los botes salvavidas venían arrastrando grandes neumáticos, como los que cuelgan en el muelle para amortiguar los golpes. Estaban pintados de blanco. Yo caminé con disimulo, me oculté un poco para no ser advertido, entré a una venta de refrescos, pedí algo, lo tomé a sorbos rápidos y cuando salí ya no había rastros de los tripulantes. ¿Qué demonios llevaban? ¿Por qué siempre el color blanco? Además, si andaban en algo prohibido, ¿por qué tanta normalidad como si tal? Eso me confundía un poco. Pero luego caí en cuenta de que podría tratarse de una coartada. Y venía la pregunta ¿con qué diablos traficaban? ¿Con drogas, con armas o con muertos?

Escribo después de mucho tiempo y aún estoy confuso. No hablaré ya más del crucero ni del retorno. ¿Vi yo realmente todo eso? Hay muchos detalles que no puedo consignar, que seguramente aclararían algo, pero la memoria no me sirve. Sólo recuerdo que regresé a la zona de los muelles con la tarde muy avanzada. A lo lejos se veía nuestro barco. La noche cayó pronto. Otra vez la música y una suerte de luces y delirio. Otros barcos preparaban la partida. En uno de ellos pude ver un brazo que se movía para ensayar la despedida. En la orilla, del lado de las lanchas de pescadores, casi salpicada por las olas que batían, estaba una muchacha. Agitaba un pañuelo para decir adiós. Me acerqué hasta donde era prudente. Tenía una gran pesadumbre que resbalaba desde sus ojos por todo el vestido largo hasta sus pies. El barco hizo su tercer anuncio de sirena. Era el definitivo. Era como un mugido del desconsuelo. Siempre los barcos se quejan al salir. Así dicen las canciones y todos los poemas de mar y tierra. Se trata de un quejido lúgubre, de una sonoridad que se refugia en el pecho e impide respirar. La muchacha continuaba agitando su pañuelo. El buque inició su travesía, buscó las aguas lejanas, produciendo una sensación de vacío, de hiriente desamparo. Con lamentoso abandono ella comenzó a andar por la avenida, fue sorteando lentamente los maderos y las amarras abandonadas. Yo traté de seguirla para averiguar la dimensión de su congoja. Pero poco a poco se disolvió el dibujo de su figura. Quedaba aún su pañuelo, casi desprendiéndose de la mano, **como bandera de la soledad.**

*** *** ***

Este cuaderno fue abandonado por unos días. Lo resolví porque no podía seguir atando mi vida a unas simples notas y a unos cuantos recuerdos. La vida merece ser, es decir, debería continuar siendo, activa. Pero duelen los huesos al mismo compás que el alma. Duelen lentamente. Lo cual es peor. Porque si los huesos dolieran al ritmo de orquesta, se pondrían a bailar las vísceras. Víscera bailando es un desafío a la enfermedad. ¿Por qué? Porque se colocan una arriba de otra, porque pierden su función habitual, porque el riñón deja de ser filtro, porque el páncreas no segrega, porque la vejiga no rezuma, porque el hígado no se encoje, porque el corazón no palpita con premura. Hay una especie de distorsión. Y entonces es como si se volviera a comenzar. Es... bueno, se me ocurre a mí, como hacer el camino de nuevo. Porque mientras la orquesta de los huesos se desata, las otras partes del cuerpo se inician en la vida. Es una suerte de reencarnación sin haber muerto. Lo que buscan los hinduistas. Evitar esa serie de resurrecciones donde se corre el riesgo de volverse paria o cerdo. Un estado especial en el que no sentimos ni nos impacientamos, ni nos duele la espera, ni el abandono, ni tampoco la alegría, ya que reírse mucho cansa, o según creían algunos ermitaños, se podría estar a punto de caer en pecado mortal. Por eso hay que desatar la orquesta. Así cualquiera acepta bailar al son que le toquen. Toca tu son, le diré a Joaquín, dulzón, sabrosón. Toca tu son, Elodia, melosa, graciosa. Si no hay orquesta, al menos somos un trío. Pero ustedes no vienen para comenzar a ensayar... no vienen... no traen los instrumentos... no traen los huesos afilados... Pero ya llegarán. Por ahora hice algo más que borronear. Arreglé los libros, les quité el polvo, los puse con el lomo hacia afuera. Volví a clavar los mapas. Revisé las fotografías. Quise leer algunas cartas viejas pero me fue comiendo la tristeza. Para qué desandar sobre rostros y rasgos y manos que ya se perdieron. Voces y olores que anunciaron un mediodía rotundo y luciente en la ciudad lejana, cubierta de arcos y pastelerías, con muchachas que arrastraban, todas, un perro lanudo y me ofrecían dulces y tarjetas con fotos y grabados. ¿Para qué volver sobre lo ya ido? Quien recuerda hace trampas. Quiere acumular lo ya hecho para llenar el hueco de lo que no se podrá hacer. Y tener conciencia de ello resulta más doliente. Porque uno sabe que no puede desbarrancarse en el pasado, pero sabe también que no tiene delante una ladera por la cual rodar. Es un estado de insufrible quietud. Por eso no se puede formar una orquesta. Ni habrá ritmo. Ni Joaquín ni Elodia vendrán. No habrá trío para tocar el son. Por eso yo sacaré mi instrumento para un solo de hueso que nadie escuchará.

*** *** ***

Una mezcla de farmacia y brujería era el equipaje de la tía Ermelinda. Se había preparado para remedios y ensalmos. Para todas las vicisitudes que pudieran

ocurrir, si acaso el Arturo no estaba en Madrid y entonces habría que husmearlo por pueblos y ciudades de la
Península y si fuera necesario por todos los rincones
del continente. Y no era amor lo que marcaba esta bús-
queda. Era una cierta ansiedad brumosa acompañada,
en el fondo, de un vago deseo de venganza. Según
algunas cartas que yo pude leer, ella no sabía calibrar
dónde comenzaba su necesidad de tenerlo cerca y dónde
terminaba su odio. Quizás esto le dio fuerzas para sostener sus viajes en tren, sus idas y regresos, sus vueltas
y revueltas por los barrios madrileños a partir de la
Puerta del Sol, sus visitas al Rastro, su asistencia a las
tascas del Arco de Cuchilleros. Fue en una plaza donde
había una estatua toda cubierta por las palomas. Allí
estaba él, con su traje raído, flaco y desencajado, tal
como se lo habían descrito. No era ya el esbelto caballero, pero aún mantenía una altiva distancia de bando-
lero en medio de su mirada.

— Vine por ti, Arturo. Traje algunas cosas que
pudieran hacerte falta —dijo ella.

— Ermelinda... tú debes saberlo todo puesto
que llegaste hasta aquí. No es necesario que hablemos
—respondió él.

— No es necesario. Solamente quería compro-
bar que vivías.

— Vivo, a duras penas.

— Al menos hablas.

— Sí... Hablo...

— Yo también.

— ¿Escuchas?

— Escucho.

— ¿Estás enojada?

— No.

— ¿Estás contenta?

— No.

— ¿Entonces?

— Nada.

Ya todo era una nada para la tía Ermelinda. Pero fueron juntos al café de la esquina y allí debieron montar y desmontar sus quejas y pesares, sus justificaciones y la cantinela eterna de que pese a todo el amor no se marchita, el amor es floreciente como el primer día, apesar de lo que me hiciste sufrir, pero yo también sufrí, no te imaginas, cuando me di cuenta de la locura ya era tarde, sin embargo la noche anterior estuvimos hablando y te mostraste el mismo, yo no sospeché, jamás se me podría ocurrir, pero algo me ahogaba y no me atreví a decírtelo, fui cobarde, Ermelinda, entiéndeme, no sé ni como tuve coraje para huir después, para soportar esa intrigante y malvada, sí, pero pasaste con ella un tiempo largo, visitaron ciudades, vivieron en Italia, nunca pediste perdón, nunca te anunciaste con algo, me era imposible, Ermelinda, tenía miedo de pasar por idiota o por cínico, sí lo eras, Arturo, siempre lo fuiste, sólo que ni yo ni el pueblo se daban cuenta, sin embargo tú sabes que te quise mucho, que te quiero mucho, yo también te quise mucho... y así debieron estar largo tiempo, consumiendo café y tintillo, algunas tapas, y el sol de la ciudad escondiéndose ya y la ciudad con su olor permanente a orégano, a aceite de oliva, a ajo, a cuero mal curtido y a fritangas de mariscos. No se sabe cuánto duró ese encuentro, cuánto duraron las explicaciones, pero ya al final de la noche convinieron en ir al pisito, pero eso sí, Arturo, no me mires ni me toques.

Supongo que debería dejar hasta aquí la historia sentimental de la tía Ermelinda. Tampoco recuerdo mucho. Pero algo queda por contar, puesto que me arrancó muchas cavilaciones y por otra parte fue a mí a quien le tocó heredar aquel equipaje que vino de regreso, aquel baúl que la tía despachó con sus encantos y brujerías, con el muñeco de porcelana que parecía un marinero y donde ella había puesto parte de los hechizos, sí, los había colocado en la parte hueca del marinero y ella lo mostraba con galanura para decirle a Arturo que eran muy parecidos, que tenía su mismo atractivo, y luego que se amaban sin pecado concebido, era una lástima haber perdido tanto tiempo, una provocación contra la familia, un desafío contra el pueblo, sin embargo, ella había venido y lo amaba tiernamente, ahora más que antes, por eso tenía su porcelana allí, para disimular y en un momento dado vaciar su contenido porque lo quería con el alma y deseaba envenenarlo.

Yo me pregunto por qué tanta exquisitez para cumplir una venganza. Me pregunto por qué esa mezcla de ensalmos rurales con el refinamiento que probablemente venía del Buen Retiro, ya que esa porcelana podría haber sido una de las obsesiones de la reina doña Amalia de Sajonia. La tía Ermelinda, en medio de su confusión, pero también en medio de su terquedad, tenía así mismo el recuerdo de las delicadezas que tanto alabaron en el pueblo, cuando celebraban los encantos de la pareja. Así de fina y delicada debería ser la revancha para tan alta traición.

Y sobre todo la espera. La prolongada espera para así disfrutar más del desenlace. Días y noches el acto fue pospuesto. Días y noches ella observaba a Arturo. Este adelgazaba cada vez más. Apenas comía. Las compras que la tía Ermelinda realizaba se quedaban abandonadas en la tabla de la alacena. El se juzgaba culpable, lleno de atroces remordimientos. Y esto servía para que ella no se sintiera culpable y estimulaba su deseo de cumplir lo tramado, con la fineza y el regodeo necesarios, con la repetición y la lentitud de las aguas que había atravesado para buscarlo. Por eso resultaba una fortuna que el muñeco fuese un marinero. Apuesto y elegante en cualquier puerto. Listo para cualquier aventura. Solícito en todos los momentos de alta mar. Fiel a los secretos del salitre y los viajes y el fondo de los océanos. Fiel a ella misma, como Arturo no lo fue. Util para recordar otros acontecimientos que he anotado días antes sin que nada tengan que ver pero fueron asociados simplemente porque la porcelana rodó en la habitación, me la habían devuelto porque nadie quería comprarla en la tienda, yo quise conservarla como un recuerdo de la tía, pero se hizo añicos con su olor y sus secretos.

Ahora no sé bien si se me rompió a mí o fue la misma tía Ermelinda quien la lanzó lejos y la volvió pedazos. Conozco, por algunos informes, que ella transfirió su proyecto, lo dejó redondearse, comenzó a gustar sus resultados antes de ejecutarlo. Es difícil imaginar ese terrible emponzoñamiento de los sentidos. La tía Ermelinda seguramente había enloquecido poco a poco, sin que nada se notara en la serenidad de su vida diaria. Pero creo que andaba loca y la misma locura la hizo trocar su venganza en algo todavía más cruel. La noche en que Arturo dormía y estaba dispuesta a vaciar la porcelana, desistió de su propósito, repentinamente, porque lo vio demasiado indefenso y demasiado infeliz. Arregló sus cosas, salió a la calle y a partir de allí vino un constante viajar para olvidarse de todo, para olvidarse de Arturo, para olvidarse de sí misma.

Buscó libros y folletos porque quería encontrar su alma. Se repetía, como en otro tiempo, cuando los días de su encierro, es parte del desencanto pero es parte de mi ilusión. Se preguntaba si sería un alma pura, separada del cuerpo. ¿O este cuerpo diario estaría envuelto por el alma? Poca cosa le habían dicho los curas y las beatas en el pueblo. El alma es como una cinta o como una cuerda. El alma para los egipcios era un pájaro con rostro humano, brillante y poderoso, de presencia inmortal. Para otros es la sombra y la imagen. Ello es posible, decía. La sombra anda detrás y delante. La imagen es nuestra representación, pero a veces se pierde. Se pierde la sombra también cuando no hay cuerpo que la refleje. ¿Entonces dónde vamos a parar cuando morimos? ¿Dónde estamos durante el sueño? ¿Dónde al quedarnos lelos mirando a Dios? ¿Se puede ver a Dios? El es invisible, dijeron el primer día del catecismo. ¿Pero cómo sabe uno entonces dónde está? Es como la sombra sin cuerpo. Nosotros tampoco estamos cuando morimos. Sí, sí estamos, somos un aliento para vivir en las regiones celestiales. Somos un fuego puro del éter. No se trata de quemaduras terrestres. Es un fuego que anida en el corazón, como el fuego que abrasaba al Padre Pío, en Pietralcena. No era un fuego de este mundo porque hacía estallar los termómetros. Un fuego parecido al de San Felipe de Neri. Este sentía tanto calor en su corazón, dice un folleto, que se extendía a todo su cuerpo y al tomarle la mano quemaba como si el santo sufriera una fiebre devoradora. Igual que la venerable Serafina di Dio, con el cuerpo ardiendo hasta treinta y tres horas después de muerta y sólo se enfrió cuando le fue retirado el corazón. Cosa difícil de entender, pues siempre se dijo que el fuego estaba con el Diablo. Y el que vende su alma al Diablo no tiene sombra. Es decir no tiene alma. Y tampoco tiene cuerpo. Es invisible. Y el diablo también es invisible. En eso se parece a Dios. ¿Entonces?, se preguntaba la tía Ermelinda. Somos el Diablo y Dios al mismo tiempo. Somos invisibles. ¿Cómo lo probamos? Los Kirdis, en una aldea del Africa lo dijeron: el viento es invisible, sin embargo transporta hojas.

Creo realmente que a fuerza de las lecturas para saber de su alma, la tía Ermelinda se convirtió en una desalmada. En vez de envenenar a Arturo, decidió dejarlo solo para que se consumiera en su desdicha y su mi-

seria. Ella, la tía Ermelinda, que, en medio de su sagrada petulancia, buscaba su propia sombra porque había
sido sin pecado concebida.

*** *** ***

Yo también había deseado morirme a la orilla del
río, bajo las hojas que caían, pero no me ayudaste. Regre-
samos mientras nos limpiábamos los vestidos y durante
muchos días no nos pudimos ver. Cuando volviste, había
niebla. Un color que ya no era color. Los pájaros habían
frenado su vuelo y estaban allí, entre las grutas, los aleros y
los huecos de los árboles, vigilando por ti. Hacía frío. Se
notaba en las hojas mojadas, vidriosas. Podía ser advertido
en lo alto de la torre. La cuadra estaba a solas y tú entrabas,
toda abanico, toda pañuelo, por la calle real. Se oía el rumor de las piedras. ¿Rumor? Sí, rumor. Bajada de aguas,
fragancia de musgos, pozo donde se miran los turpiales y
algún aparecido que por la noche fabrica los espejos. Esos
ruidos transparentes que tú escuchas, en cualquier lugar
que estés ahora, los inventan los constructores de vidrios.
¿Cómo te explicas, si no, que las botellas suenen al ser des-
corchadas? ¿Cómo justificar su presencia en las estanterías?
Toda botella es agua. Agua del cielo. Pasión del arcoiris.
Nube. Manantial. Lazo. Tú sales de esa botella como en las
historias de los magos. Cantinela tonta, responso. Y fabri-
cas celajes con tus manos:

— Vete nube con tus pájaros verdes y haz mover las montañas.

Así la montaña pasa. El cielo inmóvil. Las aves cantan. Yo subo a la montaña. En la montaña hay árboles. Repites:

— Pasa nube, pasa como un querube. Por los huequitos muéstrame a Dios. Todas las aves son de Dios. Si tú eres ave, eres Dios.

Así dices, así hablas, así te llenas de encantadora bobería, casi hasta reventar. Eres la muchachita de la escuela, con ojos de chocolate y el delantal y una sonrisa, así, tras del añil, tras del brocal de piedras para la Virgen, unos helechos mojados, con florecitas que se habían enredado y venían del árbol vecino, pero ese árbol era el paraíso y todas las frutas prohibidas estaban allí ofreciéndose con ojos de hojas y vuelve otra vez la escuelita de tiza y pupitres marcados. Pero no es sólo eso, novia de la ventana, Luisa, te llamo ahora Luisa, porque en aquel desfile yo estaba con el corazón salido y todo, y pensaba que no era verdad, pero sí era, verdad y todo, tus dos ojotes, tus ojos color ingenuo, no sé decirlo, pero amados... tus ojos amados más que los de la muchacha pintada en el almanaque, eso logré decirte, te lo dije, ahora lo digo de nuevo y pregunto como antes y respondes como antes y hablamos llenos de estupideces coloridas:

— ¿Quién te regaló ese pañuelo?

— ¡Un pájaro!

— Mentirosa...

— Sí... un pajarito venido de China.

— ¿Con quién vino?

— Bueno... vino...

— ¡Embustera!

— ¿Embustera? Sí se paró en esa mata y hasta movió las alas. Miró a todos lados y después hizo así: Chuíííí... chuíííí... chuíííí...

— ¿Y dónde traía el pañuelo?

— En el pico, tonto...

— ¡Ah...! ¿Y cómo cantaba entonces?

— Si no cantaba, tonto. Ese chuíííí... chuíííí... era el aire de sus alas.

Ves... hay desvíos. Yo no te había concebido así para el principio. Para el principio preparaba cuidadosamente las palabras. Las gustaba. Borraba y borraba como en las primeras cartas... no... así no va... otra venía... no... así no pega... tampoco así... espera... ahora sí... no... no suena. Y el asunto ha podido ser normal. Me enfada seguir construyéndote o porque te enciendes en tu espesura, te guardas con cuidado de los espejos para que no te roben al más alla. Conocí muchos espejos traganiños. Los envolvían con su centelleo, los pegaban con su azogue y después se perdían atrás, en el fondo del fondo, que no era el fondo de acá. Y no había fondos ni presentes porque la luz inventada era un poco de luz real, pero, como se devolvía, era posible confundir la luz de este mundo con ese poco de luz inexistente. El espejo copia lentamente tu sueño. Se mete así, cuan largo es el lustre de esa botella parecida a un astro. Al menos en el resplandor. Y detrás del resplandor oyes:

— ¿Cómo se llama?, diga, observe, niña, la lección. ¡No se distraiga con los pájaros ni las hormigas que entran por el hueco de la puerta!

Con las hormigas puede construirse un collar para que no te vayas jamás. Para que estés aquí y no llegues nunca a la avenida donde puedes extraviarte en medio de frutas encendidas y ese loco que ha dispuesto tocar un acordeón junto a la casa de ventanas azules... Casi el limbo, en el cual todo es posible, porque allí el tiempo de Dios y el tiempo del Diablo se juntan en un álbum de figuritas, trabajo para armar, trapecio donde se caen los payasos cuando fallan en su salto, salto de verte y no verte, en un más acá, sin puentes elevados y un árbol y esa casa llena de abandono.

Ahora son lo rayos. Un demonio para cada copa. Extasis. Palabras muy finas en la mesa. Palabras de hilo. Tejidos y tiendas con las flores bordadas. ¿Qué se puede adquirir en el bazar? Muñecas con ojos de diamante. Es posible. Son posibles también los cabellos de lino, de lana, de hojaldre, de hopalanda, de crehuela, de nylon, seda sharky, cocuiza, añil, índigo, escarlata. Venden también una trompeta. Varios equilibristas con su alambre. Y una campana sin badajo, pero que suena si la miras de este lado. Allí están asomados los moros. Escucha sus cimitarras contra el cielo. Oye el estruendo de sus caballos. Nos dijeron que ellos odiaban a Jesús y se comían a los niños. Sin embargo, los platillos, los tambores, alardeaban en el viento. El viento ha vuelto. Trae un olor a mirra, juega con el ámbar de tu pulsera. Torres de alabastro a lo lejos. Una cuerda se queda en el aire. Un muchacho, en lo alto, nos saluda. Y el encantador de serpientes suelta humo por la boca, espía tus ojos, nos odia, lo sé yo. Derviche sucio, con envidia, provoca envenenar el agua de su vasija. Vinimos para deslumbrarnos, no para llenarnos de temor. Dejemos que la arena cubra el polvo, que la tierra invada las alturas, que las palmeras ganen la batalla a ese sol que enardece los párpados. Alza la copa y digamos adiós.

Era evidente tu insatisfacción. Una vitrina debe ser un espectáculo ordenado. Una fiesta de pliegues y colores. Cierta ternura en el cuello de la blusa, dobladito con gracia y alfiler. En la esquina, desmayado en el cordel, ese pañuelo, misterioso en flecos y señales. Luego otro pañuelo muy coqueto. Esas abejitas sobre el anaranjado, los lamentos del bosque, los bichitos, las hierbas enmarcadas por medias lunas y hongos, con todo el rocío de los cuentos, los gnomos y los montes que uno

jamás vio. Sobre el fieltro, algunos objetos de adorno.
Un falso reloj del XVII para hacer compañía a un saco
safari cuando te has transformado en el aviso de refrescos y propones aventuras en el Asia o en la residencia
2C de esta calle y te dejas caer con desenfado porque
hay calor, porque hay que sentirse cómodos, porque
hay. Y entonces tigres y panteras se desperezan, escuchan una música, se cubren con la hojarasca de libros,
afiches y pinturas. Un reposo luego, en el claro de la
selva. Uno sabe que tienes el corazón de los helechos.
Eres un crótalo. Serpiente lujuriosa, próxima al rumor
de la cascada. Campo de luces, campo a grosso modo,
unos ladrillos que anticipan el infierno. Aquí hay plumas y sonajas. Vestida como quieras, con tus lazos de
fiesta en el colegio o tu papel de seda, tu baile, tus
miradas, tu salto en las terrazas, desnuda, tus manos simula-
das, tu cuerpo de escolar o de culebra, yo te espero.

*** *** ***

*Se me ocurre examinar la excesiva presencia
de los pájaros en todo esto. No es que mi escritura se
trate de un vergel. Ni de una jaula inmensa de mercado, ni las múltiples jaulas de las solteronas, olorosas a
naranjas y a cambur. Tampoco puede parecerse al cielo. Pero sí puede hablarse del cielo porque de allí vienen
las aves. Son como una advertencia para la tierra. Los
inmortales se han convertido en fantasmas alados. Los
que se fueron, regresan ahora cubiertos de plumas. Es*

tán más acá de las tinieblas, pero tampoco se mezclan a nuestra vida de todos los días. Por ello se detienen y no se atreven a picotear la fruta prohibida.

El mundo que está en lo alto se revela a través de los pájaros. Allá lo ideal es la ligereza. Se ha huido de lo pesado que es la tierra, roca intratable de vacilaciones y desesperanzas. Es el mismo vacío. Pero más cruel. Más solícito a las torpezas. Inclinado a las presiones. Uncido por gruesas cadenas. Se dificulta la respiración, la partida de los sueños. Por ello la liviandad de conducta, que se parece a la liviandad de los animales con plumas. Pero no tiene su beatificación. Es una liviandad sorda, sin salida, agónica, cruda en toda su pesantez humana. La sólida contradicción. Se es macizo, suerte de gran bloque. Se es fugaz como la brisa que, a pesar de todo, busca detenerse.

Las operaciones de la imaginación, leí en alguna parte, son para San Juan de la Cruz, ligeras e inestables. Como los pájaros, se deslizan de un lado para otro. No tienen permanencia, carecen de estructura metódica. Seguramente él solamente señalaba, no emitía una condena. ¿Porque si no, a qué se refería el santo? ¿Se le olvidó que antes era poeta? Si la imaginación resulta vaga, y si ello no es válido, ¿qué hacer entonces entre las azucenas olvidado? ¿Qué hacer con esa llama de amor viva? ¿Cómo saber que Dios nos habla en la noche? No, algo le ocurrió a San Juan de pronto y se puso las calzas racionales, él, el más descalzo de todos los descalzos, que vivía sin vivir, para acentuar las contradicciones y moría porque no moría.

En una leyenda se asienta: hay pájaros que despiertan a los muertos y duermen a los vivos. Cuando se mueven en bandada son presagiosos. Anuncian males, como las turbas de abejas venenosas. Generalmente ocupan los aleros, las cuerdas de la luz, los filos de los techos. Se abaten sobre el grano y dejan los campos limpios, inmaculados. Es la única relación verdera con los dioses: ese afán de pureza que nos produce lamentos. Sin embargo, uno quiere a los pájaros. Son imprescindibles. Acechan en los costados del árbol. Se descorren en la nube temprana. Hay uno que conocen los hindúes: mitad hombre y mitad alas y aparece tocando una cítara.

La música de los pájaros es adivinatoria. Tiene carácter mágico. Por eso es menester repetirla para que marque su eficacia. Abrete pájaro... vuela pájaro... detente pájaro. Los limpios de corazón serán recibidos por trinos y gorgeos que cubren los confines. Las garzas que se van, que se van lejos, pueblan de cruces blancas el espacio, dijo el cantor Francisco Lazo. Los pájaros guardan entre nosotros algo del canto de la creación, dijo otro llamado Alexis. Y los que entonan y pronuncian palabras, son como las flechas y los vientos pequeños, representan la presencia amorosa. La oratoria alada es más que una oratoria sagrada.

Este vuelo significa, posee contenido, advierte, desnuda estrellas, reúne premoniciones, alega albricias o desencantos. Mi mujer, según leí una vez, tiene espalda de pájaro que huye en vertical. Cuando se arremolinan, producen vértigo. Las golondrinas y los vencejos trasladan los campanarios a otro lugar. Son aves migratorias. Aves que no están de acuerdo. Las nacidas en.el norte vienen a transportar el verano hacia el sur. Todas las tardes, en los árboles que veo desde la ventana, se ubica la algazara de los loros. Una intromisión del campo en la ciudad que pocos advierten. A pesar del escándalo que provocan. Gritan en voz alta para indicar que abobinan al cerro.

La ornitomancia no es una ciencia oculta. Es una ciencia develada por los silbidos. Cuestión de saber escuchar. Hay bajos y agudos, tonos opacos o brillantes. Y es menester el momento en que son emitidos. La especial sensibilidad del que escucha. No todos pueden interpretar ese alarde de las mañanas cuando los azulejos llegan a las matas. La anunciación de la victoria es relampagueante. El triunfo absolutamente sonoro, las diversiones son señaladas por un fraseo ligero y el anuncio de viaje resulta incisivo sobre la cúpula dorada y es monótono, con repetición cansona, único en medio de las sombras, el anuncio de enfermedad.

Cosa parecida ocurre con los colores. ¿De qué están revestidas las plumas? ¿Cuál pintura secreta equivale a la ansiedad? El pájaro azul, como la rosa azul, marcan lo irrealizable. El manual esotérico escoge el comportamiento señalado. El cuervo, negro, revela la inteligencia. El pavo real, verdiazul, señala la aspiración amorosa. El cisne, blanco, contiene la líbido. El águila, dorada, convoca los valores solares. Variopinto le dicen al pájaro indefinible. Profusión de efectos, contagiados de luminosidad, crean las bandadas. Sobre un maizal no se sabe dónde están las mazorcas. A la hora de partir, el albatros solitario abre sus alas blanquecinas en plena inmensidad.

Es menester revisar los orígenes. La primera lengua del hombre debió ser igual al lenguaje de los pájaros. Volver a ella es la única manera de remediar la catástrofe babélica. Adan y Eva, en su ocio paradisíaco, la utilizaron. Con ella le respondieron al ángel y se burlaron de su espada. En un viejo papiro, guardado en Leiden, un egipcio dice: te hablo con la voz de los pájaros. Orfeo les entendía todo y su lira fue como una primera jaula de alambre. Le indicaron a Sigfrido dónde se hallaba la doncella dormida. San Francisco llamó a las avecillas del campo y con ellas envió tiernos mensajes al lobo y saludos a la luna y al sol.

El fénix es un pájaro de fuego. Su nido de maderas y resinas se forma bajo los rayos solares. El le da calor con su cuerpo, cuando percibe que sus fuerzas se agotan. El prepara con sabiduría su propia hoguera. El, tan triunfante, no acepta perder su color púrpura. El primo Alfonso no aceptó perder su intenso vuelo. La pólvora incendió su propio nido. Se escuchó el sonido hasta en la aldea final de los espejos. El fénix llena el bosque con sus llamas. Poco a poco el rojo es transferido a cenizas. Hay una lenta consumición. El bosque se apaga. Un silencio se abre desde las raíces. De pronto, el pájaro se yergue. Eligió, soberanamente, su propia muerte y su propia inmortalidad.

*** *** ***

De pronto se me vinieron los pasos y el canto de la bailarina. Se me vino el abandono del domador. No se cómo supe que la bailarina se perdió una noche en una taberna del Pausílipo. Con dos turistas borrachos se puso a ver la costa llena de rocas y a lo lejos el Vesubio con toda la antigüedad de sus cenizas. Descorcharon varios vinos e intentaban tocar una guitarra con dos cuerdas reventadas. Hicieron un trío destemplado y gangoso y no se sabe cómo lograron bajar a la playa dando traspiés. Tropezaron varias veces, pero la bailarina sostenía triunfalmente la cesta con las botellas y pregonaba su victoria de equilibrio frente a los turistas enturbiados de alcohol. Arturo andaba dando vueltas arriba, en el poblado, recorriendo desesperado las tratorías y los bares, los lugares de música, las escalinatas de piedra, los portales y algunas ruinas. Arturo, con angustia, buscaba su bailarina pero sólo venían los ecos de los gritos destemplados que lanzaba y el repique de las olas. Ya tarde, se lo tragó la noche y bajó como pudo, haciendo remolinos, hasta el hotelito del puerto.

A la bailarina y los turistas, a la cesta y la guitarra, los rescató un bote y se metieron en la bahía, en busca de la gruta encantada. El hombre que me contó los sucesos no supo más de los tres, ni del mar ni de la isla de Capri. Me dijo que hasta allí conocía porque lo demás era el mar y del mar no es fácil hablar sobre todo de ese mar violeta, después de todo lo que se ha dicho de él.

Pongamos que bailarina y turistas terminaron ahogados. ¿Pero qué pasó con el domador, después de su persecución infeliz, tan frustrados él y su león más fiel, de regreso por los cerros y las quebradas, sin haber podido alcanzar a los fugados? El domador, me dijeron, quedó incosolable. Llegaron muy tarde al pueblo cuando todo el mundo dormía. Se dirigieron al circo, mejor, al lugar donde había estado el circo y sólo encontraron los restos humeantes de la carpa, aserrín mezclado con polvo, trozos de cadenas, travesaños de trapecios, cuerdas reventadas y un olor a trajes viejos convertidos en cenizas. Ciertas varas estaban en pie. Los vestuarios se mantenían con algunos trapos y alambres. Al lado, vieron la jaula. Adentro estaban los otros dos leones con las melenas chamuscadas pero temblorosos porque aún vivían y el domador respiró tranquilo. Por lo menos sus pertenencias se habían salvado. Corrió la trampa y metió al león fiel que lo había acompañado. Luego se tendió a un lado de los hierros, con el cuerpo molido, a esperar que amaneciera.

Lo despertaron los ruidos que hacían los curiosos. Cada vez se iba congregando la gente del pueblo para saber lo ocurrido. Pensaban que el domador había logrado dar alcance a los fugitivos pero sufrieron una gran decepción. El domador estaba tendido, sin fuerzas y los leones en su jaula, tristes, desteñidos, muertos de hambre. Los muchachos eran los que más se mostraban inquietos y se acercaban a la jaula para puyar con cañas a los leones malolientes. Uno se atrevió a punzar la barriga del domador y lo hizo despertar. Se levantó sobresaltado, como si todavía estuviera cruzando lomas y laderas para darle alcance a los traidores. Se enderezó un poco y alguien preguntó:

— ¿Qué pasó entonces, gran guerrero?

— ¡Qué guerrero ni que coño!

— Pero siempre has sido valiente y buen corredor.

— Valiente no pero corredor sí.

— Pareces un venado.

— Claro, por los cuernos.

Los congregados rieron y celebraron la salida. Pero volvían a sus caras de patíbulo cuando miraban otra vez los escombros. Algunos buscaban entre los trastos todavía calientes las medallas que usaban los payasos, el cinturón plateado de la mujer araña, la copa pintada de oro que lucía en su frente el caballo saltarín, los cucuruchos de lata de los enanos, los botones plateados del empresario y algunos instrumentos de cobre que usaba la orquesta, porque suponían que todas esas cosas, resistentes al fuego, se podrían haber salvado. Pero no había nada. Sólo maderas convertidas en brasas, sólo tizones en lo que fueron las grandes varas de los equilibristas. Era el más lamentable espectáculo que el pueblo había visto en toda su historia, el pueblo que había vestido sus galas el día de la inauguración, con muchos cohetes y valses y pasodobles sonoros que salían por unos parlantes, el pueblo que por primera vez había visto un triple salto mortal durante varios días sin que hubiera necesidad de malla en caso de accidente. Todo era desolación y todos rodeaban los restos y el domador y sus tres leones parecían incapaces de una recuperación y probablemente él jamás levantaría su rejo sonoro ni los animales volverían a rugir. El empresario, las comparsas, el tragallamas, la adivina, los trapecistas, las amazonas, los monigotes, los recoge estiércol, los caballericeros, los de la costura y los electricistas, habían desaparecido. Muchos de los vecinos se fueron retirando, otros no acertaban a proponer alguna cosa y de pronto una vieja vino con un vaso y un balde. Le dio a beber al domador y lanzó el envase sobre los leones que se movieron con agradecimiento. El dio las gracias. Ellos inclinaron las melenas y los ojos. Había un punzante olor a quemado y a desolación.

El domador trató de registrarse los bolsillos de la chaqueta roja y dijo a uno de los muchachos que fuera a buscar carne para los animales. Alguien se adelantó y dijo, no se preocupe, no se moleste, aquí hay dinero sencillo, yo mismo iré hasta la carnicería que ya debe estar abierta, muchas gracias, dijo él, todavía con desaliento y pocas ganas de hablar.

Le trajeron también comida a él. Descansaron. Los leones hasta durmieron. Y por la tarde el fue a la ferretería a comprar unas ruedas y vino y ayudado por tres forzudos se las pusieron a la jaula, en movimientos realmente extenuantes, pues los leones se iban por un lado contra las rejas cuando alzaban de este otro. El trabajo duró mucho tiempo, pero al atardecer estaba listo todo, más una bicicleta que juntaron a la jaula con una cadena. El domador agradeció mucho la ayuda y dijo que se iba a probar suerte por esos caminos y se despidió. Los muchachos lo vieron ir pedaleando, con la jaula arrastrada y los leones que levantaban la cabeza como para decir adiós.

Desafío contra las lluvias y el sol. Camino largo y difícil. Alguna que otra casucha trepada en una loma. De vez en cuando jinetes que venían en sentido contrario y miraban con cierto asombro aquel extraño vehículo. No podían ver los leones porque la jaula iba tapada con una lona. Pasó roncando un camión de estacas lleno de plátanos y legumbres. Pasaron los miembros de una comisión que le preguntaron si no había visto a no se quien. Iban en busca de un alambique y unos destiladores clandestinos. Pasó un carrito viejo que tocaba corneta de pera. Surgió en la curva un autobús desvencijado lleno de pasajeros. Más tarde apareció un caserío, con pulpería y todo y en las casas se estaban encendiendo las luces. El detuvo la bicicleta y bajó para comprar algún bastimento, unos rollos de cabuya, unas planchas de zinc, un tobo, un embudo y unos ganchos. Alguna otra cosa necesaria. Y víveres, sardinas en lata, bizcochos. Pensó que era un poco tarde y buscó las afueras, seguido por la mirada de algún curioso. Debajo de un árbol frondoso improvisó su refugio. Quitó la lona a la jaula y los leones se desperezaron. Les dio de beber y comer. Los cuatro esperaron que cayera la noche y se pusieron a descansar.

Por la mañana él rompió la punta del embudo, dobló el saliente de la lata para que no estuviera filosa y construyó una bocina. Examinó los leones, les dijo algo cariñoso, descolgó las planchas de zinc que formaban un techo y enganchó la bicicleta. Se regresó al caserío y muy orondo comenzó a vocear:

— ¡Atención!... ¡Atencióóón!... ¡Atención!... ¡Atencióóón...! Distinguido pueblo... Gran función hoy... Ustedes podrán contemplar tres leones con toda su melena traídos de las selvas africanas. Son leones feroces pero yo entraré en la jaula, una vez que aparte la lona, y jugaré con ellos. Los que se acerquen solamente pagarán el ínfimo precio de dos reales o su equivalente en comida para los animales y este domador que está a vuestro mandar. ¡Vengan, señores, damas, caballeros y niños! ¡Vengan a presenciar un espectáculo jamás visto por estos alrededores! ¡Solamente dos reales! ¡Solamente dos reales! ¡Vengan señores!

El domador detuvo su pedaleo cerca de una plazoleta y allí comenzaron a cercarlo los parroquianos. Sacó un plato de peltre para que depositaran las monedas. Corrió la lona y los leones, cuando él sonó un pito, dieron por turno, cada uno, un rugido. Algunos del público retrocedieron. El corrió la reja y entró a gatas en la jaula. Los leones se levantaron y vinieron en orden a comer harina en la palma de su mano. Luego le lamieron la cara y cuando pronunció unas palabras raras que los leones recibieron como una orden, las tres colas enlazaron su cuello. Después los cuatro se pusieron a rugir y él salió de la jaula simulando una marcha festiva con la boca y el embudo.

Cerró la reja, recogió las monedas y subió a la bicicleta. Dijo que volvería a pasar por allí con un nuevo y estremecedor espectáculo. Otra vez fue la carretera llena de baches y piedras resbaladas de los cerros. Se cruzaron algunos perros. Pasaron loros con su estruendo hacia un maizal. Otra vez el autobús sonando desesperado su corneta. Nuevos caseríos. Pero él preguntó por el pueblo grande y le dijeron que en media hora. Llegó también al atardecer y comenzó a sonar su embudo. Se instaló en la explanada de la casa parroquial y allí dio varias funciones que tuvieron gran concurrencia. Se quedó varios días porque el cura le dio permiso para que improvisara su refugio en la pared del fondo, debajo de árboles frondosos. El alimento para los animales y para él lo obtenía a crédito en el almacén grande. Pero las funciones fueron decayendo. Se repetían las mismas suertes. Y casi no había público. La deuda con el almacén había crecido mucho. Y se supo que el dueño le iba a embargar los leones. El mostró gran preocupación, pero vino el picapleitos del pueblo. Habló con él. Cuando se presentó el dueño del almacén con el juez municipal para ejecutar la medida, el domador dijo:

— La orden que recibí habla de embargar los leones. Pero no dice nada de la jaula. Si quieren, llévenselos. Les voy a abrir la reja.

El dueño del almacén y el juez municipal salieron a la carrera, dando gritos y maldiciones. El domador y el picapleitos reían y se abrazaban. Pero eso sí, había que irse.

Vino otra vez el pedaleo por aldeas y montañas. Se montó uno que otro espectáculo. Pero dos de los leones comenzaron a enfermar. Enflaquecían y no querían comer. Ya casi no podían levantarse. Sólo el más fiel se movía con destreza dentro de la jaula. El domador decidió regresar al pueblo donde había estado el circo. Sabía que allí lo querían y el médico podría atender a los leones. Dio un gran rodeo para poder llegar. Y los leones empeoraron. Cuando la bicicleta entró por la primera calle, los animales ya no respiraban. El se detuvo en el terreno baldío donde se habían realizado las grandiosas funciones. Ahora los leones estaban muertos y los muchachos se congregaron alrededor de la jaula con mucha pesadumbre. Hablaron con el domador y fueron a buscar unas tablas. Pusieron allí los cuerpos sin movimiento. Después comenzó a andar el cortejo, hacia la meseta del río, donde los fueron a enterrar. Cavaron un gran hueco, metieron los leones, echaron tierra y pusieron encima una estaca larga con un trapo encarnado que parecía una bandera. El viento la empujaba, como empujaba la bandera del circo el día de la gran función. Pero esta vez no había cohetes ni música. Todos regresaron silenciosos.

El domador acarició a su león fiel. Solamente quedaban ellos dos como memoria de aquel gran espectáculo que el pueblo no olvidaría jamás. Enganchó la bicicleta y comenzó a pedalear. Los muchachos lo acompañaron hasta la salida. El les hizo así, con la mano. Carretera adentro, hasta que vino la noche. Se detuvo cerca de una piedra grande y un matorral. Acomodó la jaula. Después entró, puso su cabeza sobre la melena del león y se quedaron dormidos.

*** *** ***

Próximamente volverán a caer en la habitación de la vieja casa los antiguos fantasmas que regularmente bebían en la quebrada vecina cerca de unos caimanes con ojos dorados batiendo hojas de mastranto y buenas hierbas las mismas del azorante licor inventado en una aldea de criadores de ovejas donde solamente podía penetrar un viejo con una candela en un trozo de palo y trapo alcanforado el día mismo de los difuntos en un juego de muerte y luz profundidad y resplandor de encantamiento y trampa todo hecho agudamente para el desamparo sin que nadie pudiera oponerse a la fuerza arrolladora que venía del cielo y fue cuando llegaron ellos muy achacosos por cierto ancianos de otra comarca picados por los mosquitos y la mala estrella heredada

probablemente de otro sueño porque es en los sueños
donde las cosas muestran su igualdad se penetran
intercambian y juegan como en los campos deportivos
y marte no es marte sino una bola que gira a la velocidad del
fuego sin permitirse una sola entrada en el infierno y así
intempestivamente hasta el cansancio sentido por las
raíces que cruzan la tierra de uno a otro barranco sin
importarles las aguas ni las pájaros fosforescentes que
habitan las capas minerales donde el ojo de una mujer
sirve de guía para todos los extraviados en esos túneles
que jamás conducirán a ninguna parte si es que uno
desea realmente alguna salida pues poco a poco la rutina conduce a la rutina y viene la conformidad con las
cuatro paredes y el dolor en el pecho que se renueva
cada vez que pasan temblando unos ratones pequeñi-
tos por las cercanías del cuello y el antebrazo donde
algo salta y brinca para incomodar nuestros pensamientos sobre este pedazo de vida que nos queda en un
serio enfrentamiento con la muerte aunque no se quiera admitir ni se dé por entendido pues siempre busca-
mos una excusa a la manera de Joaquín simulando una
seguridad que no tiene así como lo confesó con detalles en su relato que con todo y lo arreglado por mí no
deja de mostrar mucho lo que yo llamo las joaquinadas
o pases exclusivos para escaparse del insomnio y guardar las noches perdidas en un cofre a la manera de los
buscadores de entierros y encantamientos que siempre quieren guardar una luz en sus ambiciones para echárselas de
santos y lucir su aureola contra todos los demás porque los
demás en este mundo son una corte de envidiosos que no
saben calibrar por qué el frío hace una maraña en los árboles
que de noche no se ven ni tampoco podrán indicar donde
mueren los pájaros es decir que se hacen los pájaros muertos
digo los que se mueren por propia voluntad no los cazados
ni los que habitan en jaula sino los pájaros esos que vuelan

por allí y jamás se ha encontrado su pequeño esqueleto
sin plumas como quizás no lo encuentren a uno porque la gente de la funeraria no sabrá reconocerlo a la
hora definitiva en que deba ser trasladado en las
limosinas negras o mejor seguramente en los astrosos
carros fúnebres de antes con angelitos en el parabrisas
y alas y coronas en las maderas pintadas como un tro-
no como si en efecto lo rodaran para un reino que por
otra parte sí lo es pues mucho se ha hablado de la
región de las tinieblas desde los babilonios y los egipcios hasta los aztecas y los cristianos con diferentes in-
tervenciones de cantos rezos y comidas para ayudarnos
en el más allá de donde no se vuelve o se puede salir al
mismo cielo si la Virgen del Perpetuo Socorro intervie-
ne para doblegar unos cuantos diablos y unos cuantos
lagartos y serpientes con cabeza de perro danzando
entre las llamas a los pies del difunto que milagrosa-
mente es alzado hacia las nubes cuando estaban a punto de atraparlo como hacen los bandidos de la película
y quedan burlados por un rayo de luz en ese episodio
magistral que señala las cercanías de la diestra de Dios
Padre interviniendo sabiamente en el match último para
librar de la lona y la cuenta final al agobiado comba-
tiente que ahora escribe sin advertir siquiera el paso de
los zancudos y las cornetas de los autos que deben
andar en invocaciones por los lados del cerro y es realmente inmaculado y santo este silencio que se ha hecho a mi alrededor como si en verdad estuviera en una
cámara mortuoria o alguien hubiese preparado una función para jugar el juego de solitario con la baraja en la
que pueden alistarse todas las cartas para que el mismo
jugador elija su propio triunfo y su propia condena y pueda
surgir golpeado por los bastos maderos o embriagado de
copas en una gran parada de oros y de espadas que relum-
bran y suenan en sus choques y su embriaguez por un

campo solitario donde fueron tendidos algunos granos
para que la cosecha resultara próspera y nada se dio
porque los aguaceros cayeron sobre los primeros reto-
ños y ese fue el fracaso de uno de los tíos que se empe-
ñó en ser agricultor sin nada saber de eso a pesar de que
Ermelinda se lo advirtió pero él no quiso acatar nada y
se quedó con la tierra pelada o llena de charcos y
barrizales donde únicamente pudo reflejarse la luna o se
asomaban a beber algunos venados y se veían sus cor-
namentas en la media penumbra con vuelo de lechuzas
o el canto tartamudo del borococó que hace así como
suenan las palabras y se vuelven de mal agüero porque
se dice que alguien va a morir y los mal intencionados se
ponen a numerar las casas del pueblo donde hay más
remedios o más años o más quejumbres para realizar
apuestas y juegos en torno a los próximos difuntos entre
los cuales sin·duda alguna no estoy yo porque me he
puesto a mucha distancia de esos montes y cualquier
sonido anunciador de malos tiempos tendrá que ser
metálico para poder entrar en esta pieza de apartamento
enmudecido ya que Elodia no viene a mover los trastos
ni a provocar las corridas de los muebles más bien quejidos de la madera y la carcoma causados por las polillas
de modo silencioso que podría romperse si llegara Joaquín con los periódicos y sus proyectos y algunos enla-
tados porque ya las cosas se agotan a la manera de mi
paciencia que de tanto esperar se fue esperando tanto
hasta meterse en mis ojos duelen de mucho borronear
pero si no hago esto qué diablos haré yo aquí y menos
mal que puedo todavía ver algo para poder decir algo y
como no tengo con quien hablar lo pongo por escrito
aunque estas hojas se vuelen en el menor descuido se-
paradas de las grapas que las vuelven cuaderno ya ma-
noseado y con las puntas dobladas sin ser propiamente
un cuaderno de bitácora porque ya estoy hasta aquí de
las navegaciones como el crucero aquel donde no resol-

ví nada y sólo me queda un gusto salitroso y probablemente eso sí no lo niego una visión de la vida que va y
viene según la canción que trata de las olas o un mar
que siempre recomienza para ser un poquito más eleva-
do según recitaba el profesor en el bachillerato que aban-
doné por un tiempo porque ya desintegrada la familia y
con algunos prójimos lejanos y otros por proteger uno
tenía que darse a trabajar en los oficios más dolientes
aburridos había que cruzar calles y oficinas para reunir
algún dinero pagar los alquileres así como invitar a los
amigos de vez en cuando a cantar y beber en reuniones
escandalosas de política poesía béisbol historia antigua
música de Chopin o Beethoven y dárselas de importante
porque se podía tararear la quinta sinfonía tanto como
prisionero del mar que llegó con nosotros por una vere-
da tropical pues siempre te estaré allí esperando Luisa
Martina Elba Lavinia Doris Margarita Laura Josefina próxima o lejana verdadera irreal no obstante precisa o imprecisa en los pases que me vienen a la frente en olor y
sabor de caramelos confites refrescos o licores según sea
la ocasión en que cada una de ellas invade con su presencia generalmente colmada de rosas cristalinas salien-
do de las pinturas colgadas en la habitación del hotel de
montaña donde podía celebrarse la gran final del torneo
pero generalmente no se produjo con algunas excep-
ciones en que el amor se volvió fragancia y un paseo
por el parque después de la función para llegar hasta la
vendedora de frutas moradas y cometas pintados quizás
lo poco que me resta para celebrar solitariamente otro
paseo prendido a la cola del cometa por los cielos para
ese tiempo lucientes encendidos primorosos promete-
dores para alegrar todo festejo sirve como malla
envolvente para el cuarto bochornoso donde estoy desde hace tiempo y casi parezco pegado a la silla a no ser
por el esfuerzo que algunas veces he realizado para salir

a la calle olfateando un poco en busca del viento y del sereno ya que no se puede morir con las piernas como bisagras es necesario aceitarlas para ser bien recibido en la corte celestial donde San Pedro engrasa con frecuencia sus llaves o las frota en aceite tres en uno porque si no cómo abrir las puertas celestiales oxidadas por tanto tiempo sin uso y es quizás lo que produce el aburrimiento del apóstol únicamente mantenido a pedazos de nube y boquiabierto viendo pasar la paloma del Espíritu Santo como única diversión en ese bosque de hojas paralizadas sin claros ni cazadores ni animales furiosos porque todo lo ilumina una santa paz que acredita la seriedad del lugar por los siglos de los siglos sin piedras ni cartas para jugar o distraerse de una solemnidad para lo cual es efectiva una pantalla con el show que dura varias horas en recoger a cuenta de canciones las diferentes limosnas que los ricos apesadumbrados alguna vez por tener tanto dinero deciden entregar a cambio de un rock ácidamente bien llevado o una canción taciturna para que las almas de los ancianos piadosos y solitarios visiten en buenas condiciones la corte celestial por ello unos dicen que la televisión es buena sin embargo el polvo debe pesar más que el aparato en ese laberinto de alambres y conectores porque yo decidí no prenderla jamás ya que los folletos frecuentes y la frecuente transmisión no sólo me bloqueó a fuerza de vulgaridades sino que me hizo un experto a mí tan pasado de moda quien lo iba a creer si hasta me decían que me había quedado en broadcasting o el radio galena de fabricación casera pero sí sí me enteré que podrían reforzar mi señal electrónica mediante un amplificador para darme aire en medio de estas toses entorpecedoras y obtener un mejor espacio en el cuadro porque así esta escena triste que soy yo se mejora con artificiosos fantasmas en back projection para enviar al limbo ese fondo negro o gris que se va al infinito en el momento en que definitivamente antes de que comience el feed back me hacen el corte y paso a edición donde me vuelvo pura imagen y sonido pues los huesos y la piel y las vísceras no cuentan en esta nueva existencia que hubiera llenado de asombro a los mismos egipcios perdedores de años y vidas para resguardar en hojas de tana y pirámides el aspecto de la figura cuando se puede estar cómodamente guardado en un rollo fácil de cargar y alinear sin sabor a sarcófago con buena protección para vivir un tiempo doble el tiempo anhelado que contradice al tiempo finito pues allí estamos gracias a minúsculos cuadritos y señales confortablemente instalados en la eternidad con la ventaja de que podemos salir a dar saltos y danzar a voluntad con sólo colocar el cassette a tiro pues nuestra vida vuelve a funcionar a pesar de haber sido privado de naranjas pan sardinas y atenciones de Joaquín y ensaladas de Elodia y ojos obsesivos de la muchacha del afiche con otros recuerdos que sólo están registrados en la pantalla de aquí arriba que ya me comienza a doler porque después de todo a pesar de todo con todo y sin todo uno es humano y la verdera historia se cumple acá dejémonos de cuentos acá donde pasan las ratas de vez en cuando y vuelven los motores y los pitos de la calle para anunciar ese paso del tiempo con la hora de poner fin a estos escritos porque no se puede seguir más prendido de las letras y las líneas torpes que salen de la mano ya que para eso están las máquinas que facilitan el trabajo pero no es posible teclear porque ha de sentirse la sangre y la inmediatez del rasgo cuando se trata de la verdad interna del que escribe así sea miserable y carente de interés su historia personal o la historia de los amigos pues no escribo esto porque sea importante ya lo dije al comienzo lo hago porque si no lo hago qué coño hago en esta espera y ya casi no puedo hacer otra cosa que esperar

acostumbrado como estoy a emitir mis quejas tanto que
si ellos vienen Joaquín Elodia Elodia Joaquín me echan
a perder mi diversión porque entonces no tendré quejas
cuando ya he hecho de mis lamentos un sistema de vida
que empuja la soledad mientras puede hacia los confines del cielo donde sé que no me espera San Pedro con
sus llaves aceitadas y tampoco en el otro lado al cual
nombran el Infierno porque el calor de las llamas ha torcido las cerraduras y ni el mismo Diablo logra descorrer
el cerrojo ni los candados pueden saltar porque llego yo
rechazado en todas partes menos en la línea de flota-
ción donde se es pasajero sin boleto de regreso ni estación conocida sólo un vagar en vehículos inesperados o
a pie por escalinatas que suben y bajan interminables
tratándose de un campo fileteado de piedras coloradas
propiciadoras de buen sendero en la dispersión absoluta donde toca el infiel de la balanza a punta de contacto
expresivo o locura de metal poco maleado para que haga
las indicaciones pertinentes al ojo clínico del experto en
seleccionar las pesas y medidas para prepararnos el juicio final en consumo al servicio de unos pocos conoce-
dores de cómo prodigar las tristes figuras ciudadanas en
su propio servicio y alimentación instalados en esta sociedad de consumo o en el consumo de esta sociedad
donde nos pusimos a buen resguardo de los pulpos pa-
tronales pero llegamos al estado intransitable de no tener nada para comer aunque tampoco los que decidieron volverse pálidos en busca del nirvana pues no hicieron otra cosa que contagiarse de sífilis o pendejería cró-
nica en un supuesto regreso a las esencias puras donde
no se come carne ni se tira ni se respira a causa de la
mugre y el olor a resinas prendidas en un plato de cobre
con elefantitos de la India en la decoración y unas batolas
largas tan largas como la historia repetida en los reportajes de la pantalla chiquita razón también por la cual yo

no volví a encenderla porque esos reportajes eran una burla o una mentira puesto que la alta espiritualidad el no roce con lo tosco y la mecanización de este mundo sin embargo cobró derechos de autor por sus versiones bien realizadas para satisfacer a los perversos occidentales o cristianos o materialistas que no han podido hacer nada con su civilización solamente estilar técnicas para recoger a los muertos que los buscadores de esencias primordiales no saben hacer y por eso se apilonan en las calles pantanosas de Nueva Delhi o Bangladesh tan pútridas como las calles podridas de Nueva York envuelta en plástico y seguridades industriales para la hora en que usted decida abandonar a sus parientes y amigos en el vuelo final de circo en la última tanda con triple salto desde el trapecio más alto y paseo de la mujer araña a través de la carpa apenas sostenida por ganchos e imanes que aseguran sus tobillos y muñecas frente a las frentes alzadas de los espectadores esperando a todo momento un desprendimiento que ocurre pero hay unas mallas o telas que la recogen y la vuelven a lanzar y así sucesivamente hasta que la resistencia se agota y algunos tienen miedo de que el corazón les estalle y piensan que en otra cosa deberían arriesgar su corazón si es que lo tienen compartido o partido quizás sí pues uno no pensaba en que poco a poco todas las partes del cuerpo se le irían partiendo quizás exagero debo decir desgastando pero todo desgaste es una partitura de marcha fúnebre que acompaña lentamente como todas las marchas a pasos regulares pero definitivos que muestran cada vez más cerca la última morada en fin de cuentas podría ser de otro color más atractivo pudiéndose decir la última amarilla la definitiva bermeja azul colbato verde tirando a marrón azul cobalto encendido o azul deslizándose en los paisajes de caballete con figura en la orilla un bote de un solo remo las flores emergiendo del es-

tanque o lago y por supuesto un fondo de cipreses ol-
mos o bucares con cerro uno más desolado que otro y
otro más golpeado por la sequía o vuelto trazo fugaz de
las líneas en verdes húmedos o pequeños relieves ilusos
proporcionados al ojo del espectador por la técnica del
raspaje dejando que por un lado el óleo forme grumos
que después se aplanan con la espátula y el pincel sólo
se ocupa de las hendiduras causadas por los reflejos del
sol en pleno descenso la figura que geométricamente se
disuelve en verticales y horizontales hasta desaparecer
completamente en una especie de esfumato que conta-
gia algo de la respiración del pintor o provoca diluirse
en ese espacio virtual que contradice el espacio real y
toda una retahíla de gestos volutas pliegues y repliegues
de la materia anclada sobre el lienzo según las proposiciones vistas por el crítico y quizás no por el espectador
que tiene su propio espacio modular metido en el alma
y el alma no está para discusiones cuando la pintura en
verdad aumenta la vivacidad necesaria en las venas y las
ansiedades del que mira un mensaje que él mismo debe
descifrar para contribuir a la comunicación entre público y artista aunque la contemplación sea solitaria un
miércoles a las tres de la tarde cuando a nadie se le ocurre visitar una galería y los huecos que deja el silencio
sirven para armonizar la composición de fuerzas estu-
diadas en aquel viejo libro de física cuando hablaban
por otro lado de la fuerza del convencimiento y el espíritu de la libertad contra el constreñimiento con el cual
amenazaban las dictaduras regadas como arroz por el
continente llamado nuevo tierra firme indias o trópico
de palmeras selvas repujadas de cortezas muy ablanda-
das por los aguaceros en gira igual que los mosquitos
incisivos que mortifican a los buscadores de diamantes
y oro antes caucho sarrapia y balatá donde los sordos
millonarios se hicieron construir un teatro gigantesco y

allí presentaban después de mil peripecias las voces
más afamadas del bel canto acompañadas de los fortísimos
que hacían las tubas de las guacamayas y los agudísimos
chillidos de los monos mientras algunos misioneros se dedi-
caban como hoy a cambiarle sus dioses a los indios crean-
do una solemne confusión porque entonces hubo dios de
los católicos dios de los evangélicos además de los dioses de siempre en una verdadera santísima trinidad solamente lesionada para mayor confusión por las adver-
tencias dialécticas de los estudiantes de antropología
que andaban andan por esos lares para fabricar sus tesis de
grado o los estudiosos franceses que hallan esto tres exotic
como los norteamericanos piensan que es wonderfull
lo cual por otra parte no tiene nada de malo pues cada
quien doblega el mundo a su manera cuando no hay nada
que hacer porque si pudiera saldría muy animoso a recorrer
la ciudad en lugar de entontecerme aquí a punta de garabatos pues es lo único que me ha dado por hacer y aunque
nadie lo crea no siento fatiga ni presión en los ojos ni
sangre abusadora en la cabeza al contrario todo discurre con
una llaneza de campesino que aporta sus frutos al mercado
o bandera dejándose mover con sumo agrado por el viento
para lucir con esplendor y multiplicar los colores como
ocurre en los días de fiesta nacional celebrados cuando
muchachos porque era en ese tiempo que se ponían las
banderas en las ventanas de las casas y ondeaban al
paso de los cohetes o voladores pregonando por el
cielo el caluroso patriotismo del señor Alcalde y la Junta
Para la Celebración del Quincuagésimo Aniversario toda uni-
formada y las señoritas viejas con una cinta atravesándoles el
pecho mientras seguía sonando la pólvora casera y los del
coro iniciaban un descalabrado himno nacional destemplado y cojo que en nada podría ser el canto de un bravo
pueblo sino de un pueblo bravo por las fallas armónicas y la

falta de agua o de luz los días en que no había fiestas
cuando solamente quedaban unas bambalinas miserables colgando del poste del alumbrado y afortunadamente
los refusiles y los aguaceros daban cuenta de sus restos para
que la vida siguiera igualmente cansona sin patria altanera
sino los pequeños y mortificantes compromisos para cumplir
con la existencia diaria y decir buenos días buenos días gracias le dé Dios buenos días tenga usted a usted se lo regalo
porque es bien merecido su aporte para la nueva fiesta que
vendrá porque esa será para la gran patrona la Virgen
del Consuelo con todos los altibajos de la celebración
aunque no hubiera dinero pero se podía ir a la capital
del Estado a pedir algo y así las cosas no serían puro
sembrar y recoger café al mirar los bucares y los guamos
palideciendo bajo unas nubes borrascosas que les volteaban las hojas como si los estuvieran confesando a
ver qué insecto o pecado capital albergaban en sus raíces a veces algo pecadoras porque los troncos se caían
con gran estruendo en amenaza del pueblo todo porque el pueblo todo podía irse por el barranco hacia un
fondo negro que había predicho Pedro el sacristán muy
conocedor de los olores y los libros ocultos en la sacristía
o en lo alto de la torre donde había un baúl grande de
madera que sólo él sabía abrir y quizás eso es lo que
influyó mi inclinación por destapar baúles que no me
conciernen como no me conciernen muchas cosas que
ocurrieron en el tiempo y ocurren ahora pero yo debo
contarlas porque como dije no hay otra cosa que hacer
si estoy más tranquilo y apenas me muevo para mirar
por la ventana cuando la respiración se me hace difícil
y a pleno sol los edificios lejanos tienen un rostro ju-
guetón que no deja ver el color no deja ver las aristas ni
los materiales si se trata de indagar la construcción y su
consistencia en caso de terremotos cuando no hay nada
que hacer sino correr todo lo más posible a donde haya

un descampado y en ninguna parte de la ciudad se
encontrará un descampado porque todo se lo han ido
comiendo los urbanizadores y constructores de casas
en las cuales no hay dintel en las puertas para ponerse
debajo y no sufrir las consecuencias de una pared que
se viene pues son las estructuras las que se caen en
trance de acordeón cerrado en forma vertical y la terraza con su ropa tendida a secar se junta con el sótano y
allí no hay nada que hacer a menos que se tenga la suerte
de haber estado en la terraza en el momento justo del
estremecimiento y bajar como en un espectáculo hasta
el nivel de la calle y saltar con presteza sobre el capot de
un automóvil vecino y así recobrar la libertad para ser el
único sobreviviente del estruendo y tener en sus manos la
ingrata e imposible tarea de rescatar a las víctimas
pues el que es un escombro no puede remover los
escombros sino ver mirar observar la ciudad antes de
que el sismo llegue y esperar que la noche fabrique sus
cuadrados de luz en cada fachada con hileras de
bombillos por las autopistas y las avenidas perimetrales
añadiendo el prender y apagarse de los automóviles en
formación acondicionados como animalitos fosforescentes
hormigas de acero y vinil mordiendo hábilmente el
hombrillo así como el doble ancho de aceleración sin
respetar ceda el paso hasta el cruce donde la circula-
ción se transforma en araña o en ciempiés picando mucho
tejiendo su malla de gasolina y aceite quemado para
dar forma a la contaminación que llega hasta la orilla
donde observo o seguramente pasa hasta las cornisas y
los salientes del apartamento pero por fortuna algunos
árboles no se han metido totalmente en la noche y los
pájaros retrasados contribuyen con alguna fiesta de últimos silbidos a levantar el ánimo al testarudo frenético
olvidado muñeco de tornillos y piezas metálicas para
armar enfrentando el rumor y los olores que vienen

de las cocinas y los basureros ubicados en los baldíos en derrame de aguas negras mal dispuestas para su desemboque en el río porque de nada vale buscar desagüe ya que el río mismo es una pobre cinta de color marrón con chispazos de latas y trozos de hierro viejo cartones mitades de vallas y anuncios o guardafangos que han caído en el último aguacero torrencial sin que ni siquiera lleguen a las orillas porque este es el único río del mundo ya lo dije una vez que no tiene orillas entonces nadie podrá decir vamos a celebrar un pic nic en la ribera porque son rampas de cemento sucio las que caen desde la calle hacia el cauce y a veces por allí ruedan perros golpeados por llantas o también el cadáver de una mujer desconocida encontrada varios metros más abajo del puente indicio de crimen pasional entre prostíbulo y policía lo que nunca será aclarado y continuará tan turbio como las cloacas o el río donde bueno es decirlo para salvar la ansiedad sentimental alguna vez se posó una garza blanca en acto celebratorio de la nostalgia por los esteros en posible imitación de un documental frecuente en la TV para contribuir al mantenimiento de la flora y la fauna en un discurso ecológico que hasta yo puedo pronunciar yo tan ajeno a los aburrimientos constructivos y forjadores del país ya ustedes ven o mejor se enteran de mi absoluta falta de sentido para la cooperación o militancia en las Juntas de Vecinos con reuniones tan o más insoportables como las reuniones de condominio o las reuniones de condominio menos soportables que los vecinos comunitarios provistos de discursos sumamente ordenados que jamás se escuchan pero la conserje se cuida bien de repetirlos con una precisión mayor que el arreglo del ascensor siempre detenido en el pent house para escuchar que generalmente está dañado por lo cual crece el terror de quedar atrapado entre las láminas cuando se vaya la electricidad y la alarma aunque suene no producirá efecto alguno como las pastillas que debo tomar todos los días no las he olvidado aunque Elodia no haya venido para recordármelo a sabiendas de que nada mejora mi cabeza surcada a veces por dolores atribuibles a la mala digestión según mis cálculos absolutamente reticente para mentir pues se sabe bien de dónde podrían venir los dolores causantes de la progresiva estupidez la cual me acosa aunque no lo parezca yo suelo decirme estoy muy lúcido vean observen la manera como construyo mis frases en perfecta corrección y voy dándole al texto una continuidad lógica para que las cosas vayan unas después de otras como nos enseñaron en la escuela enseñan en ciertos manuales obligantes para la memoria ante las necesidades de defensa que se deben aportar evitando que cualquiera llegue el mismo Joaquín o un vecino entrometido que se apiada de uno para ganar indulgencias porque no hay peor cosa que aquel deseoso de obtener posiciones magnánimas por advertirnos nuestra precaria salud y ellos entonces aparecen como salvadores se curan sus propios miedos y miserias tanto que desearían para uno la enfermedad perenne o presentada cada tanto tiempo para poder intervenir con su caridad y sus recomendaciones milagrosas que tanto bien les hacen a ellos no al supuesto paciente al cual llenan más bien de intrigas y preocupaciones produciendo intensa sudoración insomnio largo y un constante será verdad que estoy en las últimas en qué lo habrá notado creo que he enflaquecido un poco y quizás la falta de apetito hasta que reconocemos alguna claridad y volvemos hacia nosotros mismos para evitar sucumbir en la noche de almohada dura y los animales voladores por el agujero que se ha abierto en el rincón agujero pensado como el agujero abierto en el cerebro donde se depositan todas las injurias de los males orgánicos o causados por el entorno social entonces uno reacciona respira hondo levanta la frente acera los huesos para decir no hombre estoy bien no hay que hacer caso a las intromisiones curanderas no solicitadas pues para eso como decía se han aprendido de memoria las consideraciones y se sabe que el inicio es insidioso y el curso en deterioro de la memoria puede ser el único déficit cognitivo aparente y puede haber cambios sutiles de la personalidad como apatía falta de espontaneidad o retraimiento en las interacciones sociales habitualmente me mantengo ordenado y bien vestido y salvo explosiones de irritabilidad ocasionales Elodia trastea mucho por ejemplo Joaquín insiste en su optimismo zafio sonaron un pito estridente en el vecindario salvo eso el mundo no tiene arreglo yo coopero y me mantengo socialmente adecuado no sé si más tarde los déficit cognitivos se harán más evidentes y me puedo volver completamente mudo e incapaz de fijar atención o de prodigarme cuidados a mí mismo lo que conduce inevitablemente a la muerte y las secciones periodísticas sobre la salud lo indican a veces pero uno sospecha de allí la memoria de los textos autorizados porque el periódico no es confiable por cierto no veo el periódico desde hace días algo debe estar pasando en el mundo pero no pasa porque no se leen los periódicos ni se escucha la radio ni se ve la televisión así las epidemias son aplazadas sin necesidad de acudir a los centros sanitarios para recibir las vacunas o las raciones de desinfectantes que bastante falta hacen para mi lengua mi cerebelo mi entendimiento turbado o masturbado según estas anotaciones de las cuales yo tengo conciencia plena eso sí me consta que mantienen limpidez de juicio puesto que no he llegado a los extremos no se me nublan las cosas ni me escapo para el cielo como dice Joaquín a quien espero todavía bajo sospecha de que no vendrá pero yo tengo necesidad de esperarlo como esperé tanto

tiempo aquella tarde en el banco de la plaza lugar por
otra parte siempre diseñado para las esperas así como
el andén de una estación las salidas de metro la fuente
que está al doblar la calle tal o el añoso reloj que da
testimonio de la vieja ciudad o la puerta de un cine
simplemente lugares todos que son símbolos de las esperas frustradas pues nadie viene nunca a la cita como
aquella tarde dije toda complicada porque comenzó a
llover con desigual fortaleza para que uno buscara el
saliente donde guarecerse y desde allí mirar los relámpagos en su cabalgata por el cielo pues por dónde más
iban a andar aunque algunos se hicieron presentes en
el pararrayos del enorme edificio tan solitario a esas
horas como los árboles del bosque en las tempestades
a que estábamos acostumbrados en el pueblo distintas
a éstas e invocadoras de Santa Bárbara bendita que en
el cielo estás inscrita con papel y agua bendita acá entre la
fábrica y las obras de la avenida y los semáforos mojados y
encogidos como colchas o signos restringidos para que
se produzcan adivinaciones en verde lo cual conduce a
un campo abierto con piedras y barrancos y canalejas
por las cuales corre el agua de la lluvia o siluetas amarillas que otorgan un jolgorio de fin de curso proclama-
ción baile de cumpleaños hasta llegar al rojo evidente
figuración del muro del purgatorio donde todos trope-
zaremos o nos engañamos para no tropezar y por eso
nos envolvemos me envolví yo en los relámpagos de
aquella tarde porque tú no llegaste Daniela por estar
escondida en sabe Dios qué estancias o distintas aceras con
tiendas donde tu indiferencia o tu dejadez se llenaba con
las figuras de los modelos en venta aquellos pendientes
metálicos en líneas abstractas que deseabas poseer más
que mis besos que resultaron seguramente hielos porque no lograron incendiarte para que marcaras la ruta
hacia el sitio convenido y fue entonces una de las

tantas esperas esta vez bajo la lluvia los truenos los bro-
tes de amarillo verde rojo observando mi ansiedad y las
gotas resbaladas sobre mi cara de imbécil hasta el momento de escampar pero no es que duró hasta allí mi
cara de imbécil sino que cuando escampó yo me adue-
ñé de la calle dando saltos sobre los charcos con mis
piernas de imbécil la zona donde un autobús puede ser
la salvación alcanzado por un salto hábil sobre el estribo
porque de lo contrario viene el chispazo que sale entre
los neumáticos y el hueco del pavimento para que todo
se vaya a la misma madre de barro y pringas de humedad similar a la gran puta que parió al chofer provocador
de un regreso lamentable lento derruido ensopado y
próximo a un resfrío en vez de haber ejecutado el plan
previsto con apartamento prestado y todo para realizar
otra vez lo que realizamos una vez anterior cuando supe
que a Daniela le gustaba no comprometerse en la cama
nuestro encuentro fue sin penetración porque tenía miedo de salir embarazada entonces sólo se alzaba la falda
para que yo pasara mi pija por sus piernas así suavemente como si se tratara de un masaje que la excitaba
mucho pues se volvía toda quejidos y cerraba las ojos al
decir vente sobre mí pero sin entrar restriégala sobre mi
clítoris dale vuelta con la mano sube un poco baja un
poco así así asííííí sube ahora baja métete entre las piernas no te vayas a venir todavía espérame espérame así
ay así no te vengas sácala ponte de rodillas que yo te vea
desde aquí levántala con la mano esta toda roja traéla
pónmela en la boca así mmmmmuu nmmmnnnn a a así
jusssssh y luego daba vueltas en redondo con su lengua
como si fuera una serpiente y después se empujaba hasta el fondo casi hasta ahogarse y yo medio ahogado por
no querer terminar mientras ella volvía con su lengua
suave suavísima sin que yo pudiera más y la regaba toda
hasta que ella gimió y yo pude sacarla para que nos que-

dáramos tendidos los dos sin hacer ruido bajo el frío
lento que entraba por el postigo aunque ese día no llovió y
nos volvimos a ver en el cuarto que ella tenía con baño y
entrada independiente en la quinta de su prima alumbrados
esa vez por unos faroles de seda china y destapó dos cervezas brindamos y ella dijo lo hizo se acercó que nos
pasaríamos el trago mientras nos besábamos y que mientras nos besábamos sin dejar de besarnos nos fuéramos
desvistiendo para oír cuando la ropa caía al suelo sin-
tiéndonos desnudos piel a piel y ella acariciándome
por el pecho hasta bajar y tomar mi pija con suavidad la
mano humedecida en la cerveza y la corría con dulzura
la frotaba hasta que aparecía muy tiesa cuando por un momento me dijo métela en el vaso y la mojas como si fuera un
hisopo porque yo quiero tomar cerveza de la que sale de tí se
arrodilló para lamer el contorno desde el tronco inicial hasta
la cabeza después la entró toda en su boca y simulaba que
absorbía con esos movimientos fuertes delicados neu-
tros fulgurantes a la vez entonces yo le dije que también quería tomar cerveza de su vaso ella se tendió se
arqueó alzó su vagina hacia mí me recliné metí la lengua y comencé a caminarla por la vulva cuando ella me la
fijó en el clítoris diciendo dale vueltas allí muerde pero suave allí guárdalo entre tus labios así así lame lame lame
ay ay lame así déjame lamerte yo voltéate ponme la
tuya en la boca pon tu boca en la mía así suave suave me
ahogo me voy me voy nos vamos nos vamos asííííí asííííí
todo mejor que ese regreso astroso provocado por su
falla y la cortina de agua amenazando otra vez con abrir-
se encima sin haber otra salida no estaba posibilitada
con mis pasos torpes sobre las zanjas hasta el fin en el
barcito donde escampar el aguacero si llovía con un
café o una cerveza para precisar los recuerdos y morti-
ficarse un poco en ese masoquismo grato perdurable
como lo prueban estas notas de ahora que ni siquie-

ra a mí me sirven no me sirven de nada por eso es la dificultad en el carácter o el deterioro de la personalidad no se sabe bien si es causa orgánica o producto de la ingestión de calmantes nadie sabe bien nada ni lo sé yo ni se sabrá hasta el fin de los siglos y los siglos amén Dios mío Salvador porque me voy al Demonio con sólo quedarme en esta pieza de apartamento con las paredes que aprietan sobre las sienes sin apretarlas pero yo las siento allí y las veo venir bailando tembloteantes dando zancadas me reclino en mis letras torcidas para evitarlas mientras Elodia se decide a venir descorchar alguna cosa abrir la lata de galletas o Joaquín se presenta y dice vamos a dar un paseo anímate que la vida sonríe ponte fuerte todavía queda mucho por vivir mucho qué Joaquín no jodas entiende un poco no seas ignorante hasta los sumerios dicen las enciclopedias seis mil o más años antes de nuestra era sabían ya que todo era precario se preocupaban por tener que abandonar este pobre acostumbramiento a los hábitos querían seguir para siempre aunque fuera para entrar en guerra en servidumbre mal de amores o inundaciones de dos ríos arrasadores en tiempos de crecida por eso uno fue en busca de un mago que sabía el secreto de la eternidad y le dijo que en el fondo de las aguas había una flor espinosa o mejor rodeada de espinas que tratara de evitar las espinas y obtener sólo la flor porque si lo logras tendrás en tus manos lo que da la juventud perdida y él la encontró y dijo esta es la flor yo la llevaré a mi ciudad todos la comerán y se llamará Flor de los Viejos Que Se Vuelven Jóvenes pero en el camino de regreso la dejó a orillas de un lago y mientras se bañaba una serpiente vino y se robó la flor por eso estamos todavía aquí después de seis mil años antes de nuestra era Joaquín después de seis mil más mil estamos aquí al revés con la Flor Del Joven Que Se Vuelve Viejo y parece que no hay nada que hacer sino depositar nuestras quejas contra la peor época que nos ha tocado vivir todos han mostrado disgusto desde siempre por su tiempo aunque no quieran abandonarlo pero los lamentos como que ayudan a olvidar el hecho de que nos acabaremos aún agotados de ruinas y envidias pensamos en que vendrá otra tierra mejor que esta miserable de todos los días otra tierra como lo fue en un tiempo en que según los poetas era una eterna primavera el céfiro apacible acariciaba con tibio aliento a las flores nacidas sin necesidad de semilla y corrían ríos de leche ríos de néctar o de rubia miel caída gota a gota de la verde encina por eso esta existencia del momento no es siquiera un reflejo de esa remota felicidad que uno no sabe cuándo ocurrió pues ya un filósofo de Grecia decía que todos son enemigos públicos de todos y cada uno es enemigo de sí mismo o las Escrituras advertían enemigo de cada cual es la gente de su casa y sin embargo se clamaba por seguir viviendo aún en medio de la desolación y el riesgo de que te abrieran el pecho en la piedra de los sacrificios los poetas del México antiguo lloraban en su lengua náhuatl ojalá que no fuéramos mortales y se preguntaban dónde está la región en que no hay muerte vive acaso mi madre en la Región del Misterio mi corazón trepida me siento angustiado y seguían alabando a los dioses en el mero centro de la misma muerte como mucho después ese mismo temor produjo la soberbia de negar a Dios y a la Historia para entrar entonces en el más absoluto abandono porque el ser humano tenía que construir su vida aquí y ahora ya que la vida sería el resultado de su elección y no el efecto de la esencia absoluta o de unas cuantas hazañas cumplidas a través del tiempo viéndose así el hombre forzado a un desamparo total y a estas alturas yo no sé si tengo unas y otras cosas si mi participación es un revoltillo de esas proposiciones pero he decidido

limitarme a mis sensaciones aunque vayan desde la preocupación por esa mosca que molesta y molesta hasta
la reconstrucción de un pasado que garantiza en algo el
haber vivido lo cual ayuda a saber que no todo acabó y aquí
vuelve Joaquín con su optimismo casero si me oye querrá
aprovecharse para reafirmar sus repeticiones ingenuas
pero sí es menester escribirlo a estas alturas sólo nos
queda el resplandor de las imágenes por medio de las
cuales uno puede ver el día levantándose ya no cubierto de
sol madrugadores gente acuciosa ciudadanos diligentes que
abandonan la cama para cumplir con su tarea de levantar
la patria sino admitir un día otro en el cual las sábanas
se han vuelto rojas en trance de favorecer un incendio
en la torre de la capilla de San Juan Evangelista cuestión apropiada porque no era el que clamaba en el
desierto y comía miel silvestre sino el que inventó los
siete candelabros con ángeles terribles que provocarán
la catástrofe más espectacular donde arden el sardio y
el cinabrio y toda una carbonería fantasmal que todavía
nadie ha podido entender ni sabe para qué momento el
incendio cubierto por la sábana roja puede estallar por
lo tanto es mejor tender la sábana poner una cesta de
frutas y libros al lado reclinarse en un tronco para mirar
las aves del campo que organizan su orquesta junto a
un sembradío de flores azules y un viejo molino porque debe haber un viejo molino en escombros donde
las liebres hacen un alto para beber sin temor a unos
galgos grandotes que afortunadamente no son
perdigueros y se mueven con saltos elegantes de manera que sólo falta un tío que fume en cachimbo al
lado de un montón de paja y una abuela que esparza
los granos entre los patos y las gallinas para redondear
el panorama idílico propio de una acuarela o de una
canción donde un chico baila y una muchacha gorda y boni-
ta junto a una piedra muele maíz con la sortija vaya y venga

sin que nadie la detenga din don dan din don dan las
campanas que alaban al Señor y dicen agradecemos el
pan que nos has dado y permítenos alabarte aunque no
tengamos pan pues esperaremos toda espera se hace
necesaria nadie como yo ha basado los momentos más pro-
ductivos de su existencia en la constancia y el sentido perti-
naz de confiar en que las apariciones se producirán tarde o
temprano los músculos duelen la espalda y los huesos
duelen el alma también duele pero imposible situarla
puesto que los bizantinos no lo lograron a pesar de
consumir noches y días averiguando cuántos pliegues
tenían las alas del Espíritu Santo o cuántos querubines
podían posarse en la cabeza de un alfiler tarea de ocio-
sos pero no dirán que le faltaba dedicación aunque
más atractivo era saber el sexo de los mismos porque
en verdad los ángeles son tan angélicos que parecen
muchachas con rizos dorados pero también muchachos
sonrosados con mejillas ardientes por lo cual no faltó
monje libidinoso que se complaciera en desanudar y
anudar trenzas del conocimiento para obtener algunos
placeres prohibidos en medio de su encierro visitado
por las más atractivas tentaciones y por ello podrían ser
condenados a errar con una campana como los lepro-
sos para que nadie se les acercara hasta consumirse en muchos palmos de tierra arada y sin arar andada y desandada
como castigo por haber buscado complacencia carnal tan
atrevida y feroz que fue calificada por los inquisidores
como una masturbación celestial ya que realmente ni
arcángeles ni serafines hicieron acto de presencia en
aquel claustro solitario como no hace presencia aquí
mi amiga que está allá a lo lejos sobre la terraza en el
aviso pero estoy seguro que me ha visitado tal como lo
conté alguna vez últimamente ha dejado de mirarme
pero es que yo tampoco la miro para dármelas de interesante y qué quiere usted señor qué podemos hacer sino

inventar que también quiere decir descubrir pues inventando fue como los grandes viajeros acompañados de brújula y sextante llegaron a descubrir tierras que enarbolaban riquezas peces jamás vistos cascadas lujuriosas flores de última magnitud y culebras del tamaño de un camino o ríos que se habían puesto de pie más múltiples cosas puestas en inventarios largos de los especialistas en zoología o botánica donde figuran tantas especies que uno duda de esa verdad como no es verdad el mentado eclipse de sol tan anunciado y que jamás es visible en la región donde uno vive yo no sé por qué carajo los eclipses ocurren cuando siempre está nublado u ocurren a deshoras cuando nos hemos pasado de tragos y los únicos soles con aureola ocurren en la cabeza pero no era el sol del eclipse como jamás se ha podido fabricar un filtro de amor porque todos los ingredientes son factibles pero la eficacia sólo la da una espiga especial que crece en un acantilado al sur de las islas Fidji que sólo la madre del que inventó eso podrá encontrarla de allí que sea mejor fabricar la doncella con nuestros propios recursos lo cual no es nada nuevo pues en ello se han pasado la vida casi todos los libros y si uno tratara de recordar aquí las alucinaciones candorosas o infernales se le caerían las dedos de tanto apretar el bolígrafo la pluma o el lápiz mongol porque es con eso que yo escribo ante la imposibilidad de usar lo que llaman finder para manejar documentos carpetas y aplicaciones como copiar mover tirar cambiar de nombre bloquear o únicamente reorganizarlos porque se pueden anidar carpetas una dentro de otra para crear tantos niveles jerárquicos como se deseen y se puede ver el contenido de cada carpeta en el orden que más se adecúe a nuestras necesidades ya sea por iconos nombres fechas tamaños o tipos aunque para empezar como norma general es necesario inicializar una cara en los discos de una sola cara y las

dos caras en los discos de doble cara porque los discos
que están formateados por una sola cara no muestran
ninguna carpeta cuando se utilizan directorios con aplicaciones pues para ello es necesario arrancar con un disco de doble cara inicializado por ambas caras y un disco
de arranque con software para obtener información de
ambos lados del disco y así el disco de la luna llena se
pone en un costado del cielo para que yo mire y respire
un poco pues el viento es bondadoso ya que ha entrado
la noche con alguna lentitud lo que hizo posible que el
crepúsculo fuese más explícito adormecido de grises en
lenta majestad para que entre luz que parte y sombra en
regreso se pueda sentir el pecho menos afligido cuando
se vuelve a determinadas visiones porque es así tu recuerdo de árboles tan entristecidos esa tarde como en
los juegos que no logramos terminar en la plaza eran tan
locos tan sin sentido eran simplemente juegos ahora lo
sé pero en ese tiempo tú eras como las diosas que aparecen en los suplementos de algunas revistas en las rayas de las paredes asaltadas por el musgo y las enreda-
deras tú eras una rosa una piedrita una rueda de reloj o
carrito de lata que vendían en el bazar pasajero que
montó un turco el día en que un globo de papel lleno de
lumbre se perdió de colores por los cielos de más allá y
se dijo entre los muchachos que había llegado a París
por lo que fuimos a la Estafeta de Correos para ver dónde se encontraba y entonces se dirigieron cartas a las
nubes porque seguramente detrás de ese color lagarto o
gonzalico o loro del atardecer estaría esa ciudad dando
vueltas de llama con una torre de alambre como aparecía en los folletos y un río que daba una curva lentamente y no parecía río porque no arrastraba piedras sino era
un puro dejarse ir tan así tan tonto pues por más grande
que fuera no tenía orillas de piedra ni olores de ramas ni
troncos ni animales ni peces y en verdad el Sena nos

pareció un río tonto sin reflejos ni misterios ni riesgos
estaba allí como si nada un río pintado que no corría sin
garzas ni lagartos un río para gente triste lleno de historia
pero sin hojas bejucos ni restos de palmeras ni había yerbitas
ni baraños ni guacamayas aunque sí había alcaldes arzobis-
pos reyes caballeros cortesanas bufones sin el gran silencio
del matorral amamantando las cerbatanas dándole jugo a
las iguanas abriéndole un camino a las hormigas a la
espera de que el cielo comenzara a perder su equilibrio
porque luego vendría el desbalance las nubes precipi-
tadas la presencia de un sueño de viajes y pastizales
carteles pinturas cromos películas silentes fotografías paisajes hechos con lápices de color y Eumelia que inventó una
flor en su corazón inventó todos los corazones de la escuela
los corazones hechos de papel crepé tan idiotas pero tan
corazones para lucirlos en la velada de la fiesta y tú
Luisa estabas tan ave tan pétalo sobre las escalinatas de
la iglesia frente a la plaza tanto que iglesia y santos y
patronos y adornos te cubrían de color como si los
fuegos artificiales a la hora de estallar te descubrieran a
Dios te descubrieran a Santa Rosalía o al mismísimo
Demonio porque te pusiste a orinar detrás de la sacristía
y mostraste tu cosa eso tu cosa y te reías de mí porque
yo estaba asustado y pensaba que los ángeles jamás
bajarían hacia la juntura de tus piernas los ángeles no
eran para vivir debajo del ombligo y sentí miedo y sudor y pensé que las llamas del infierno nos cubrirían o
las llamas de Dios que resultaban mucho más temibles
porque estaban o están siempre presentes acechándo-
nos por todos lados como se supo desde la antigüedad
y eso llevó a pensar que los dioses no contaban porque
eran inventados por nosotros sin advertir que la única
presencia válida era la de unos corpúsculos que se mueven desde la eternidad en un vacío infinito lo cual nos
libra el alma de toda inquietud nos produce una perfec-

ta serenidad provocada por la inexistencia del dolor que provoca a su vez el temor a la muerte pero ésta no tiene nada de terrible ya que está fuera de nosotros porque según Epicuro cuando somos la muerte está fuera de nosotros y cuando la muerte está allí nosotros ya no somos por lo tanto la muerte no existe así quedamos liberados de la servidumbre que es el temor a los dioses porque fue el temor el que hizo posible a los dioses en la tierra y lo que nos queda es buscar la paz del alma a partir de nosotros mismos viviendo en concordancia y felices con nuestra naturaleza humana hecha de materia oblicua y móvil a partir de la cual nosotros somos capaces de crear nuestra propia felicidad porque Dios se ha retirado de la historia y ya no es necesario buscar la salvación pues según un cura llamado Meslier que renegó de su condición en defensa de los explotados y dijo que todos los grandes de la tierra y que todos los nobles fuesen ahorcados con las tripas de los sacerdotes porque los milagros de Cristo no tienen significación pues no realizó el más bello y más grande que era hacer a los hombres prudentes y perfectos tanto de cuerpo como de espíritu pues era para eso que él había venido al mundo aunque tampoco someterse a la tiranía de los hombres presta ningún alivio leí en el señor Stirner que habló del yo único y se abrió hacia la experiencia de la nada cosa que tampoco es grata para uno contando los pasos de la vejez sin tener ninguna seguridad solamente la que ofrecen los días en permanente espera dejándose ir así muy resbaladizo sobre las páginas blancas o sobre las reminiscencias que dan la seguridad de haber atrapado una parcela de vida sin que nadie nos haga renunciar a ella ni dioses ni demonios ni los otros seres que seguramente se aferran igualmente a su parcela vivida porque el futuro todavía no es y el presente se vuelve un lugar de cruce para que el pasado desemboque porque el presente ya no es al momento en que lo nombro por lo cual resulta mejor la simpleza de unas frutas maduras un refresco anotar los pequeños incidentes vueltos gloriosos desde el punto de vista de quien los realizó aunque ante otros ojos no tenga importancia alguna porque nadie está presente de nuestras peripecias pero hay que degustarlas lentamente como quien compra por primera vez un helado en la feria y por la feria se va distraído hasta el parque de diversiones donde una gran rueda de luces lanza flechas de color sobre los ojos y un equilibrista venido del fondo de los fondos marcha sobre un alambre con una vara en el costado al compás de un vals que dice recordaré recordaré y se compra algodón de azúcar para llevarle esa nieve pegajosa a Luisa que espera en la baranda de los animales muy absorta en la jirafa cuando uno dice hola qué tal y ella voltea sorprendida y radiosa como quisiera verla ahora ya que nosotros construimos mejor que los antiguos y los otros nuestro paso por el mundo con títeres peleles rueda iluminada rosas de maíz banderines y ella con sus ojos parpadeantes por efecto de las luces que se prendían y apagaban al paso de una música de organillo en el carrusel de animalitos donde muy natural o ingenuamente más allá de los átomos declinantes o los dioses o las influencias de la sociedad o de la historia para no ser limitados por ningún dogma o sentido de absoluto ni siquiera el sentido de nosotros mismos y yo dije o digo ahora o decimos

— Te hubiera querido siempre así.

— Por qué siempre.

— Bueno como si fuera siempre.

— Y qué es eso.

— Este los ojos tuyos son lo mismo que antes.

— Antes de qué.

— Antes de siempre.

— Y entonces qué es antes.

— No sé cómo decírtelo te lo digo después.
— No dímelo ahora.
— Por qué ahora.
— Y entonces cuándo.
— Cualquier día.
— Cuál día.
— Un día de estos.
— De qué semana.
— Del otro mes.
— En este año.
— El próximo.
— Por qué no me lo dijiste el año pasado.
— Te lo dije este año.
— Hace cuántos meses.
— Algunos.
— Son muchos.
— Varios.
— Todos iguales.
— No.
— Hay unos mejores que otros.
— Distintos.
— Pero son los mismos días.
— Las mismas semanas también.
— Desde cuándo.
— Desde antes.
— Entonces tú me querías ayer.
— Sí.
— Me quieres ahora.
— Sí.
— Me querrás luego.
— También.
— Entonces volvemos al principio.
— Volvemos al fin.
— Hasta cuándo.
— Hasta siempre.

No sé qué hacer con esta página no sé dónde caben las páginas viniste así sin pensarlo las cosas ocurren repentinamente olvido los colores se me enmarañan las pupilas me estoy poniendo viejo ya lo sé ya lo dije por eso me puse a escribirlo aunque no tuviera deseos y un punzón en el costado me indica que está bueno ya, está malo ya, estoy solo ya, antes, ahora, siempre y después... He buscado sosiego sin estar intranquilo. He buscado los rostros que alguna vez fueron compañía. Me he buscado a mí mismo. Y no estoy. No aparezco. No muestro mi figura en el espejo que me pongo por delante. No soy. No proyecto mis líneas. Soy un fantasma. Alguien llegó a decir que un fantasma es un individuo que ha cambiado de costumbres. Probablemente nadie me vea. Eso he notado. Las últimas veces que he salido por el barrio... ah... sí... ahora me explico la indiferencia, la falta de saludos, el por qué los parroquianos no advirtieron las fallas en mis pasos, el casi dar traspiés, el casi caer sin nadie que se acercara a proponer una ayuda. No eran desconsiderados ni desatentos. Simplemente no me veían puesto que no me veo yo mismo. Se produce una exploración hacia adentro y es un accidentado viaje por venas y arterias

señal equidistante de la sangre

probable sueño detenido en la roca

aves de tierra por mar

un faro rojo hace la señal

oxigena las riberas salientes el desabrigo

la corriente alterna

bajo la tempestad el signo para advertir el destello

solamente evadida solamente en huida

a la manera de los alcatraces que duermen en las piedras

posiblemente una lenta cantidad de peces muertos

que sobrenadan entre desechos y ramas
la estrella sabrá guiarlos
lámpara en la media noche del cuerpo
cita final castigo fluorescencia
quietud en el filo de los acantilados
vuelo para indagar

final de lámpara ávida deseo me siento inerte, estacionario, dispuesto a recoger las flores antes que mueran en el campo, distante, menos que una gota, a punto de sucumbir pero de nuevo el ánimo, a punto de rodar pero siempre la soga que en vez de verdugo surge como la esperanza del ahorcado, todos los días, lo sé, tengo la soga enfrente, tengo igualmente la ventana y ese delirio que significa ir cabeza abajo piso por piso mirando en la caída las miserias del vecino, la rubia del apartamento cuatro desvistiéndose y ese señor de la joroba contando su maldito dinero en el cuarto oculto para que no lo vean pero yo paso en mi descenso mortal y observo todo antes de que se produzca el estallido contra el asfalto y venga la sirena en mi busca hasta el último portazo porque ya no sienten más mis huesos quebrantados. Sin embargo, medroso, tímido, encogido, sigo el camino que me he asignado yo mismo y freno todo apetito destructivo pensando escucho un coro que lentamente surge desde la otra esquina de la calle o desde la construcción detenida, se va armonizando de papeles plateados y fósforos gastados, afirma los metales, se afinca en algunas telas tensas que hacen de redoblante y todo da paso a las voces, al rumor, al susurro, al hechizo tonal, a los contraltos de las muchachas que avanzan en la primera fila, a los barítonos que constrastan con su tono de madera, a los tenores con su do de pecho que se pierde en las alturas y todo se disuelve en susurros, rumores, ausencias de sonidos que llegan lentamente hasta mí, muy lentamente, como será la caída final de la respiración, pero que llegará así, medio muda, sin anunciarse, sin que lo sepa nadie, llegará muy queda como el mensaje de una ciudad que jamás hemos visto porque decidieron construirla más allá del dos mil con materiales trasladados a la vez por leñadores y misiles seguramente para formar un estallido arbóreo y que el afán conservacionista nazca ya desde los cimientos, desde la primera piedra donde descansará mi cuerpo incansable y renovado para volver a comenzar

Las toses, los males, se han ido lejos.

Las acechanzas también.

Los miedos no existen.

Soy yo en la plenitud de mis dolores

y en la plenitud de mis amores

Espero la ocurrencia de las horas mi propia ocurrencia

el caudal de señales que conmino

Espero No viene nadie

Preparo yo solo mi duelo y mi festejo

La gracia y la melancolía La caída y el ascenso

Me juego entero en la triple apuesta del coraje, el terror y la voluntad. Sé que se me nublan las empresas posibles, se me acortan y entrechocan las palabras no por debilidad... de los pulsos... por torpeza de los movimientos aunque, sí, sí, sí, puede tratarse de una torpeza del alma pero en eso estamos todos en eso estamos estamos todos cada quien tiene su estampita por mirar, el sobre donde se acumulan las pinturas de niño, las servilletas de bar, alguna dirección que jamás se encontró, jamás jamás uno encuentra de verdad a alguien, por ello la espera y es mejor que lo encuentren a uno, que lo descubran como a una tierra nueva dispuesta a incorporar sus bandadas de animales, selvas, rodajas de oro y cataratas que parecen espejos contrapuestos y no cesan ni en las vacilaciones más altas porque uno es escafandra de mineral y hueso, se enaltece y se dobla, precipita el deseo de las entrañas y saca el jade, las vísceras, hacia un paseo melodioso, una música rotunda que usurpa las alturas, el despliegue de instrumentos y de cañas sonoras, un arco tenso, una flecha, un manojo, la inacabable colección de gritos y lamentos, una suerte de pedrería en subasta, pero no joyas ni alhajas sino piedras de los ríos, resbalarse de las hondonadas, viaje constante por las más pequeñas celdillas o trampas de cazar únicamente el color de las mariposas, así de simple, tan simple como hacer y deshacer el rompecabezas sobre una ola extraviada, igual que la pasión por desandar que tienen algunos insectos de la arboleda, el recitado de los troncos, la llamada arborescencia o eso que se da con las flores reunidas, flores que no forman un ramo sino muchas flores en una sola, como resultado de la multiplicación y el roce del rocío o el cuidado tierno de quien viene a remover el humus, la levadura, el sustento que proporciona el pase seguro hacia las comarcas por surgir, cuando un largo giro, después de las borrascas, encuentra los polos cardinales en el final de la ruta sin importarle luego que enturbien la caminata los pesares a que se está acostumbrado, pero no hay otra cosa interventora en esta sementera de triunfos y derrotas, de no vida, sino la existencia audaz que atrapa sus más mínimos trocitos, los subyuga, los lanza donde quiere, así como puede detenerlos cuando le venga la real gana ya que es ésta la aspiración de libertad, lo que en fin de cuentas debemos jugarnos hasta el final, la irrenunciable apuesta humana, con dados infortunados o felices, pero con dados que ruedan sobre el tapete, con firmeza y plena conciencia de lo imaginario, lo que nos distingue de los que censuran y constriñen y así poder mirarse en las aguas reflejadas unas con otras, a la hora de nuestra elección, porque mirarse mutuamente sirve para aumentar el caudal del infinito...

Eternamente cansado estoy ahora... ahora es eternamente... ahora puede ser antes y quizás pueda no ser mañana... Me ha vuelto un temblor muy alto y la fiebre se me está viniendo a los ojos... la calentura de la tarde... de otras tardes en la casa con su techo de zinc, con su techo de resolana y unos paños olorosos a mentol y el agua caliente de las malvas para lavar... levadura... lava... lava... cerdito cerdito lava, lava la barriguita... cuántas lombricitas tienes puerquito... cuántas... a ver a ver... así, tómese el bebedizo, tómeselo, todo va a pasar, no le hará daño... todo, todo, todo va a pasar, pasará, pasa... así, así, así pues... Vio... No le pasó nada... Otro traguito... otro traguito... chorrito, chorrito, hasta llegar al pocito, otro traguito... otro traguito Joaquín... échate otro trago, otro trago, va por los dos, Joaquín, por la vida, Joaquín... Allí trae la bandeja Elodia... Ella nos atiende... Elodia... Elodia... Acerca los tragos porque hoy es fiesta, festín final, enciende las luces, abre las cortinas, corta los espejos, suelta las lámparas, Elodia, suena, canta, baila un baile de adiós con Joaquín, sí, que bailen, digan vivas, albricias, alegrías, digan digan, vuelvan vuelvan, vuelen vuelen, los adioses, los amores, los dolores, de la vida, siempre están, viva, viva, va, va, va, y soy nuevo, reluciente, ja... ja... ja... Y la rueda de los años viene y va. Tú en la plaza, en la orilla de aquel río... de aquel río... cuando yo quería morirme de vergüenza y cayeron de las nubes unas flores, volantín que agarraste de la cola, te volvías en la playa muy dorada y venías y te ibas y has venido con el viento, con las ramas y nos vamos por el aire en un ca... ballito gris... al paso, al paso... al trote, al trote... al galope, al galope... por el monte, por el cielo... y yo... yo... con los ojos... con los sueños... las visiones... y los brazos entreabiertos... Y el olor a pomarrosas del olvido...